河出文庫

灯(ひ)をともす言葉

花森安治

河出書房新社

灯をともす言葉

もくじ

この中の　どれか　一つ二つは
すぐ今日　あなたの暮しに役立ち
せめて　どれか　もう一つ二つは
すぐには役に立たないように見えても
やがて　こころの底ふかく沈んで
いつか　あなたの暮し方を変えてしまう

灯をともす言葉

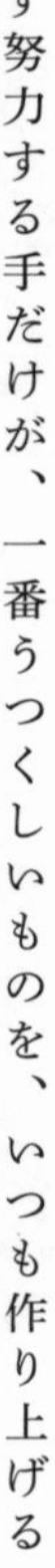
絶えず努力する手だけが、一番うつくしいものを、いつも作り上げる

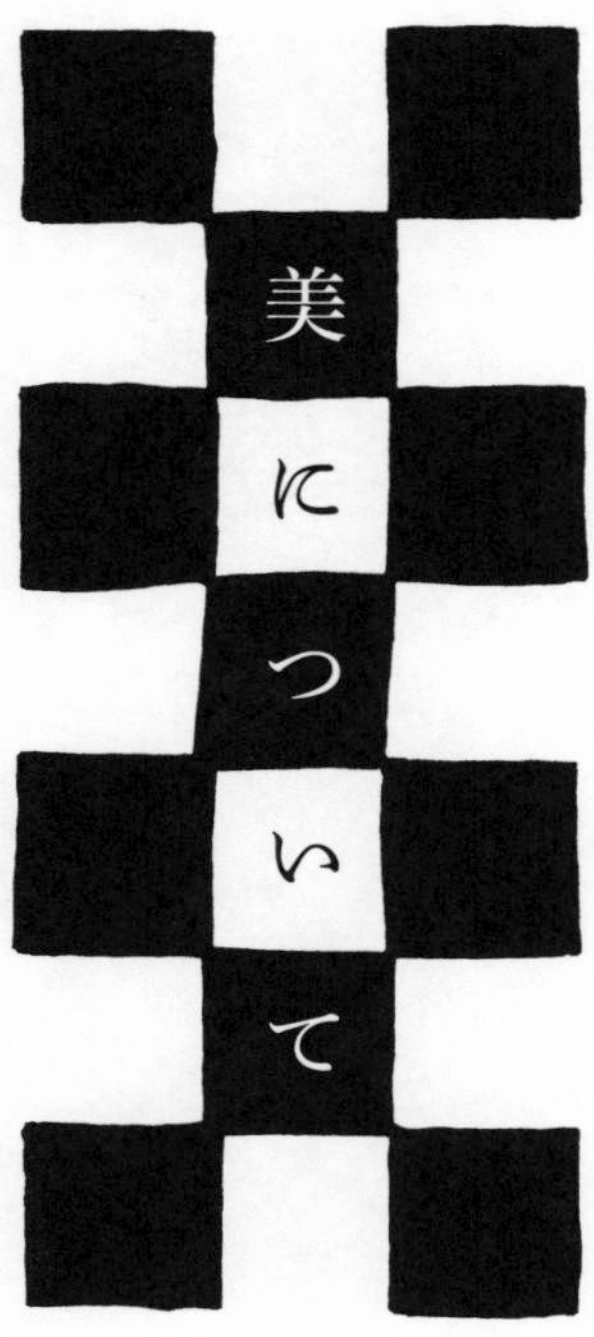
美について

美しいものを見わける
眼を持っているひとは、
どんなときでも、自分の暮しを、
それなりに美しくすることが出来る、
幸せなひとである。

せめて子供の持っている、
美しいものを素直に美しいと思える、
あの感覚をこわさないだけの、
それを逆にブッつぶしてしまわないだけの
神経は持っていたいと思う。

美しいものは、いつの世でも
お金やヒマとは関係がない。
みがかれた感覚と、
まいにちの暮しへの、
しっかりした眼と、
そして絶えず努力する手だけが、
一番うつくしいものを、
いつも作り上げる。

人間の手は、
自分の身のまわり、
人と人とのつながり、
世の中の美意識をつちかう。

芸術を粗末にして、
暮しを大切にしていいのかどうか知らない。
しかし、とにかく、
僕たちの暮しに、
色と色の美しい調和がなさすぎるのは事実だし、
それでは、というので、
何か美しい芸術品を、
ひとつ部屋におけばいいと、
いった考え方が多いのも事実である。

暮しと結びついた美しさが、
ほんとうの美しさだ。

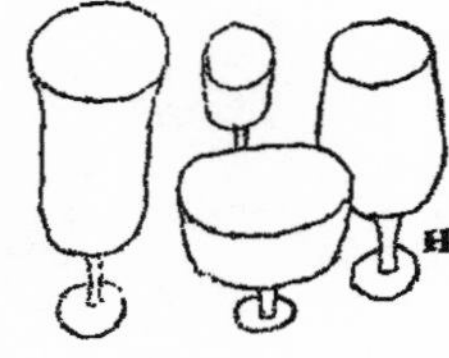

一つの道具が、暮しに役立っているということが、
とりもなおさず、美しいということではありませんか。
よく切れる、ということが
庖丁の場合には、美しさなのです。
よく切れるためには、庖丁は錆ひとつなく
光っていなければならないし、
柄(え)もしっかりした丈夫なものでなければなりません。
しかし、その柄に色々な飾りがついているとしたら、
それは庖丁の切れ味には関係がないし、
だから庖丁の美しさを、
それだけ傷つけていることにもなるのです。

すぐれた機械には、
必要でないものは、
ただの一つもない。
それが全力をあげて
作動するとき、
そこに美が生まれる。
機械の美しさは、
機能の美しさである。

花といえば、
なんのためらいもなく、
美しいと答える、
それに、いささかためらいを
感じはしないだろうか。
さくらの花を、
だれでも美しいという。
しかし、よく見もしないで、
美しいとアタマから
きめこんでしまっているような
気配がないでもない。

機械は、機械の美しさを、
つきつめてほしいし、
花は花の美しさを、
そっとしておいてもらいたい。
それを見わけられる感覚。
リクツやゼニをぬきにして、
素直に、美しいものを美しいとみる、
その感覚が、ほしい。

平均点の美ということと、個性の美ということは、
白と黒ぐらいに、ちがっているはずである。
はっきりいえば、個性を生かすということは
欠点をなくすことでなしに、
むしろ逆に、欠点を強調することだと思う。
個性を生かすということは、
自分の欠点が、どこにあるかを知って、
その欠点が、なによりの魅力になるように、
誇張したり、強調したりして、
みがき上げることである。
その意味では、大多数のひとは、
逆の方向に歩いている。
その結果、面白くも、おかしくもない、
うすぼやけた印象しか与えないものになろうとして、
苦労しているとしか思われないのである。

美しいということは、
こころにしても、体にしても、
幸せなことです。
幸せになりたいとねがうことを、
恥しがらないように。

バラの花と、どぶねずみをくらべて、
バラが美しいというのなら、わかるが、
だからといって、ローズ色のほうが、
暗いグレーより美しい、ということにはならない。
色というものには、どれが美しくて、
どれが汚ない、という差はないのである。

僕たちは、
いい芸術が作られることには
少しも反対しないが
その「芸術」を額に入れて
汚れた壁に飾ることよりも、
もっと堅牢な美しい色のカーテンを
安く買えることを考えたいし、
名作の茶碗もいいが、
毎日の飯茶碗の色や形を、
もっと何とかしてもらえないかと
考えたりする。

とかく日本人は
お高くとまる傾向があるんだが、
自分の技能を「芸術」也と
自ら高く評価して
澄しこんじゃう趣味は、
どれだけ芸術の本道を
誤らしめているかしれない。

もう誰もかれもが、
芸術好きのあまり、
自分のやっていることを、
なんでも芸術にしてしまい、
むりやり自分も芸術家になりたがるのである。
建築も芸術なら、大工さんも芸術家である。
衣裳も芸術なら、デザイナア
仕立屋さんも芸術家である。
料理も芸術なら、板前さんも芸術家である。
育児も芸術、交通整理も芸術、
ソロバンはじくのも芸術なら、畑作るのも芸術、
汽車を走らせるのも芸術である。
ひとごとながら、
これには、すこしばかり
呆れかえってしまう。

芸術と、暮しと、
どちらが高尚で、
どちらが上等か、
などと考えるほど、
バカらしいことはないだろう。
芸術は芸術、
暮しは暮しである。

何という国かと思いますね。
写楽も広重も歌麿も、桂離宮も、
あれは日本人が見つけたんじゃなくて、
外国人がほめてから、
日本人がさわぎ出したんですからね。
何がいいか、何がわるいか、
それを見る自分の眼を
自分が信用しないんでしょうね。

日本人のなかで、ぼくは、
とりわけ千利休の美学を、
高く評価している。
利休の美しさに対する感覚には、
珍らしくリクツやソロバンが
一切まじっていないからである。
美しいものを、素直に美しいと見る、
高い感覚を、そこに見るからである。

まちがいだらけの世の中だが、まちがいがひどすぎるようだ

いまは、天下泰平だという。
ウソをつけ。
世界といわず、日本といわず、
いったい、どこが天下泰平なのですか。
いうならば、乱世である。
お互い、うじゃじゃけのかぎりをつくした乱世ではないか。
まいにちの新聞の見出しをならべただけでも、
とても正気な人間の集っている世界とはおもえない。
それだけに、こう連日連夜、
ばかげたことに、十重二十重と取りかこまれていては、
よほど、しっかり立っているつもりでも、
足をとられてしまう。
まあ仕方がない、とあきらめる。
しまいには、それがあたりまえのような気がしてくる。

政治家は選挙民に迎合する、
経営者は社員に迎合する、
親はこどもに迎合する、
教師は生徒に迎合する。
そこから生まれるものは、
その日暮しの無定見と、
やり場のない倦怠感と、焦躁感である。
それはガン細胞のように、
世の中のいたるところに、
すさまじい勢いで転移してゆく。
一度それに侵されてしまうと、
ぼくたちの感覚は、マヒしてしまう。
なにがよいことで、なにがよくないことか、
その判断の基準が、ぐじゃぐじゃに
くずれてしまうのである。

世の中は、ゼニのあるヤツや、
えらいヤツだけが、
得をするように出来ているという気が、
痛烈に胸をかきむしる。
なんとなく、マジメに一生懸命やるのが、
馬鹿らしくなってくる。
どうでもなれ、という
投げやりな気がおこってくる。
それが、こわいのである。

世の中が乱れる、
国が亡びる、というときは、
もちろん、常識で考えられないことは、
一つだけ起るのではない。
いつでも、束になって、
つぎからつぎへと
起ってくるものである。

もののけじめがなくなった、というとき、
世間では、ついそれを若いもののせいにする。
それでなくても、なにかというと、
若いものは非難攻撃の的になる。
しかしいま、
もののけじめをなくしているのは、
若いものというより、
ぼくたち大人である。
政治をやっているのは、
ぼくたち大人だし、
経済を動かしているのも、
ぼくたち大人だし、
教育をしているのも、
大半は、ぼくたち大人である。

〈かけがえのない地球〉だとか
〈緑をとりもどそう〉とか
〈自然をまもれ〉とか、
ここへきて、そんな言葉が、空気中に、
いっぱいばらまかれはじめた。
たしかに、ぼくら、
すこし調子にのりすぎた。
もっと便利に、もっと精巧に、
もっともうかるように、
そんなことばかり目がけて、
かんじんの〈人間〉がどうなるか
考えもしなかった。
おかげで、このざまだ。
気がつくのがおそすぎたが、
気がつかないよりはましだろう。

いま、ぼくたちは、
政治でも経済でも
学問でも、風俗でも、
およそスポーツ精神とは
かけはなれてしまった世の中に
住まわされている。
こんな、どろどろの中から、
美しいオリンピックが
花ひらくわけはない。

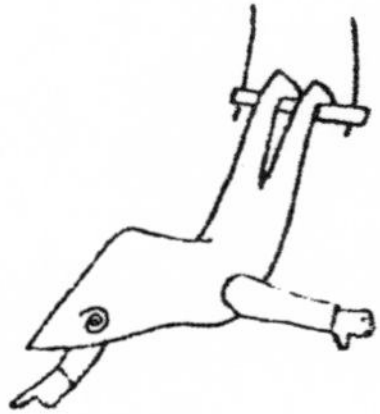

色と限らず、
美しいことについての
感覚のまるでないひとたちが、
日本の政治や経済を
動かしているところに、
いまの世の中の不幸がある。

政治のあり方をみて、
腹も立たず、しかたがないと、
うすら笑いをうかべ、
ばかげたテレビ番組に、
うつつをぬかし、
野暮なことはいいっこなしで
暮しているうちに、
やがて、
どういう世の中がやってくるか。

政党や政治に、
けじめがなくなったときが、
独裁者のいちばん生まれやすいときである。
独裁者は、どこの国でも、いつでも、
国民に歓呼されて、登場してくる。
いまの政治家は、そのことを
忘れていはしないだろうか。

歌もなく、旗もなく、
くちびるをかみ、まなざしを上げて、
整然とゆるがぬ隊列をくんで、
大きく反対のプラカードを先頭に、
行進してゆく。
ぼくたちのこの気持が
もし世界を動かすとすれば、
こんなふうな
「無言にして痛烈なる抗議行進」の、
のしかかるような迫力ではないか。

〈国をまもる〉とか
〈国益〉とかいいます、
そのときの〈国〉という言葉には、
ぼくらの暮しやいのちは
ふくまれていないはずです。

あの戦争の末期、
ぼくらは、豆かすや、
大豆や、芋がらなどを食って、
飢えをしのいでいました。
白米などは、ほとんど
配給されなくなっていました。
特攻機が毎日のように飛び立ち、
ラジオは毎日のように、それを報道しました。
あの人たちに、せめて前の晩くらいは、
白いご飯を腹一杯食べさせているのだろうか、と
おもったりしました。
戦争が終って、しばらくたって、
海軍のだいぶエライ将校だったという人から、
戦争の末期、経理検査にひっかからないように、
あまった米を駆逐艦につんで、深夜ひそかに、
東京湾へ捨てにいった、という話をききました。

あのときのショックは、
いまでも、忘れることはできません。
こうしておもい出すたびに、
怒りが煮えたぎります。
ぼくらが、みんな栄養失調になって、
歯を食いしばっていたときに、
あろうことか、帝国軍隊は、
米を海に捨てていたというのです。
ぼくが、〈国〉とか、政府とかを
信じる気をなくしたのは、たぶん
このことがあってからだろうとおもいます。

国家とか日本というものは、
ぼくたちのはるか上空に
ひらひらしているものではないのだ。
ぼくたちみんなが、
こうして毎日必死になって、
まともに暮している、
そのより集りが日本だ、日本の国だ。
それにこんなに迷惑をかけて、
しかも知らん顔をしているというのは、
つまり、アメリカはこわいが、
国民などなんでもないということなのか。

いま、ひどい目にあわされているのは、
政府でも、政治家でも、
大企業でもありません。
ぼくらです。
そのぼくらを助けたり、
まもったりしてくれるものなど、
どこにもありはしないのです。
そのぼくらが、
政府あたりでなんとかしてくれるだろう、と
ぼんやり甘えていては、
そのたびに、こっぴどく、
ひどい目にあわされてきたのです。

ひとのゼニだとおもって
買えよ　捨てよ　とはやすのが
近代企業と　いうものなら
なけなしの　ひとのゼニを
ふたこと目には　差押えるぞと
なさけ容赦なく取り上げるのが
近代国家というものか
それが　税金というものか
取ってしまえば　それまでか
なんだい
取り上げたゼニの　この使いぶり
いったい　ぼくらのゼニを
なんとおもっているのだ

ぼくらは　しがない虫けらだ
欲しがるものだって　しれている
ちょっと　気のきいたものを
家族に　着せたいだけだ
ちょっと　たまになにか
人間らしいものを　食べたいだけだ
ちょっと　どこか知らない土地へ
旅行してみたいだけだ
そんな　しれたことでさえ　ぼくら
三度に二度は　がまんして
そして　ペコペコおじぎまでして　税金を払っているのだ
その税金で　ぼくら
戦車やミサイルやジェット機を　買ってもらいたくない
その税金で　ぼくら
兵隊や　おまわりをふやしてもらいたくない
ぜったい　ことわる

この日本という〈くに〉を守るためには
どうしたらいいかという議論ばかりさかんだが、
そのまえに、それなら、なぜこの〈くに〉を
守らねばならないのかという、そのことが、
考えからとばされてしまっている。
そんなことはわかりきったことだというだろう。
そうだろうか。
ためしに、ここで誰かが
「なぜ〈くに〉を守らねばならないのか」と質問したら、
はたしてなん人が、
これに明確に答えることができるだろうか。

〈くに〉に、
政府や国会にいいたい。
〈くに〉を守らせたために、
どれだけ国民を
ひどい目にあわせたか、
それを、忘れないでほしい。
それを棚あげにして、
〈くに〉を守れといっても、
こんどは、おいそれとは
ゆかないかもしれない。

いまの世の中では、
政治家というものは、
なにか立派なことを
してみせなくてもいい。
バカなことさえ、
してくれなければいいのだ。

いま一番大切なのは、
どこの国と、
どう駆けひきするか、ということより、
目の前の、この国の、
ボクたちの、この気持を、
どうシャンとさせるかということである。

みんな、じぶんのことだけ、
じぶんの派閥だけ、じぶんの党だけである。
そのくせ、なにかというと、
国民の多数にえらばれた代表である、と胸を張りたがる。
えらんだぼくたちは、
そんなことをしてくれとたのんだおぼえはないのに、
それをどうすることもできないで、
アレヨアレヨと見ているより仕方がない。

国民を馬鹿にして、
ぼくたちの毎日の暮しを
ないがしろにして、
なにが民主主義、
なにが議会主義であるか。

どうやら、ぼくらの一票も、
なんのかんのとおだてられながら、
そのじつは、いかにも民主主義にのっとって、
ひろく国民にえらばれた、というカタチを
作り上げるためのダシではないのか。

いったいだれのために政治はあるのか。
それを忘れてしまって、
目さきの票や、目のさきの利害だけにこだわっているのが、
最近の政治ではないか。

政治家よ
あなたのこころのなかから　急速に
失われていったものを　知っているか
それは〈いたわり〉だ
あなたは　あなたといっしょに　生きて
暮している人たちへの　いたわりを
忘れてしまった
じぶんだけの損得と　名聞にとらわれて
あなたと　いっしょに生きて暮している
人たちの　苦しみを　平気でふみにじっている

せめてもの　望みを一つ
政治家よ
そんな目で　ぼくらを見ないでくれ
ぼくらは〈票〉ではない
ぼくらは　人間だ
あなたとおなじ人間だ

さて　ぼくらは　もう一度
倉庫や　物置きや　机の引出しの隅から
おしまげられたり　ねじれたりして
錆びついている〈民主主義〉を
探しだしてきて　錆びをおとし　部品を集め
しっかり　組みたてる

民主主義の〈民〉は　庶民の民だ
ぼくらの暮しを　なによりも第一にする　ということだ
ぼくらの暮しと　企業の利益とが　ぶつかったら
企業を倒す　ということだ
ぼくらの暮しと　政府の考え方が　ぶつかったら
政府を倒す　ということだ
それが　ほんとうの〈民主主義〉だ

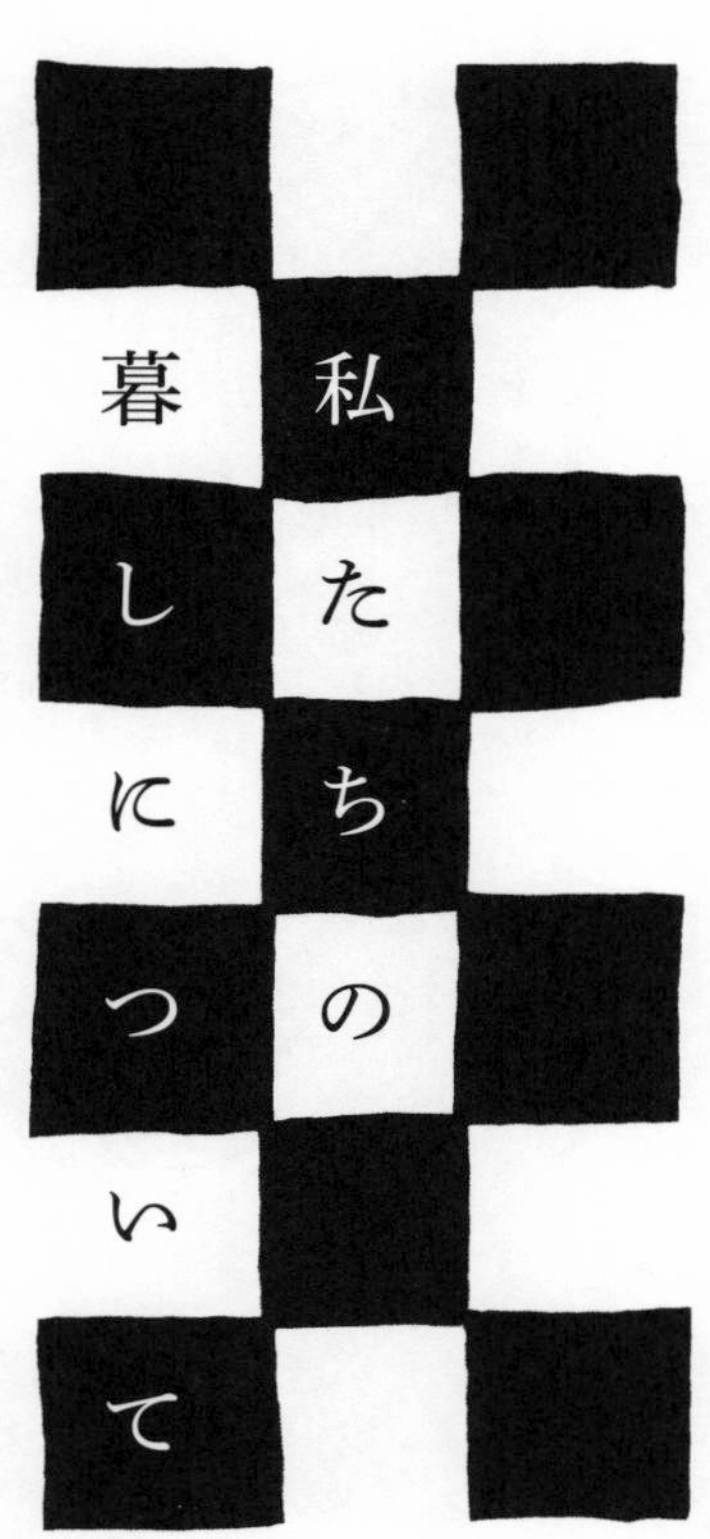

暮しは、生きている。生きて動いている

おそらく、
一つの内閣を変えるよりも、
一つの家のみそ汁の作り方を
変えることの方が、
ずっとむつかしいにちがいない。

内閣は、三日や一週間なくても、
別にそのために国が亡びることもない。
ところが、暮しの方は、
そうはゆかない。
たとえ一日でも、
暮すのをやめるわけには、
ゆかないのである。

ぼくらの暮しを、まもってくれるものは、
だれもいないのです。
ぼくらの暮しは、けっきょく、
ぼくらがまもるより外(ほか)にないのです。
考えたら、あたりまえのことでした。
そのあたりまえのことに、気がつくのが、
ぼくら、すこしおそかったかもしれませんが、
それでも、気がついてよかったのです。

ぼくらの暮しを
おびやかすもの
ぼくらの暮しに
役立たないものを
それを作ってきた
ぼくらの手で
いま　それを
捨てよう

ケチは決して美徳ではない。
浪費は美徳ではないが、
消費は美徳なんだ。

節約とは、
いくら安いものを使っても、
小汚くなれとか、
みみっちくなれではない。

いまや、とうふといわず、
三度三度たべるもので、
すこしでもまともなものといえば、
どこそこのなんという店に
いかなければならないというのは、
じつにコッケイ千万で、
じつに困ったことです。

どうも、
貧乏国民のくせに、
私たちには
物をそまつにする
癖がある。

ぼくら　このごろ　すこしばかり
やさしい気持を　なくしてしまったような気がする
ごくたまに　きれいな青い冬の空が
みえることがある
それを　しみじみと　美しいとおもって
みることをしなくなった
はだかの電線が　ひゅうひゅうと鳴っている
その音に　もう　かすかな春の気配を
きこうとしなくなった
早春の　道ばたに　名もしらぬ雑草が
ちいさな　青い芽を出している
それを　しんじつ
いとおしいとおもって　みることをしなくなった
まいにち　じぶんの使う道具を
まるで　他人の目で　みている
みがいてもやらない

ふきこんでもやらない
つくろってもやらない
こわれたら　すぐ捨ててしまう
古くなったら　さっさと捨ててしまう
見あきたら　新しいのに買いかえる
掃除機を買ってから　なんだか
掃除が　おろそかになった
冷蔵庫を買ってから　どうやら
食べものを　よく捨てるようになった
物を大切にする　ということは
やさしいこころがないと　できないことだった

ぼくらよ
いささか　おっちょこちょいで
虫けらのごとき　ぼくらよ
ぼくらのこころの中から
急速に失われていったものを
いまやっと　ぼくらは知った
それは　物をいとおしむこころだ
物のいのちを　大切にするこころだ
ぼくら　ついうかうかと　言いなりになって
買っては　捨てていたのだ
捨てていたのは　物のつもりだった
危いところだった
捨てていたのは　捨てさせられようとしていたのは
じつは　こころだった
でも　まだ　間に合いそうだ
みなさん　物をたいせつに

亡びゆくものは、みな美しい。
その美しさを愛惜するあまり、
それを、暮しのなかに、
つなぎとめておきたいとおもうのは人情であろう。
しかし、そうした人情におぼれていては、
「暮しの美しさ」の方が、亡びてしまう。

われわれは
伝統を守るために
暮しているのではないし、
古い伝統を
捨てていったからといって、
それは、古い伝統を
踏みにじることでもなければ、
こわすことでもない。
古い伝統にとらわれないで、
もっと、くらしよい暮し方を考えるときに
生れてくるもの、
それが、やがて新しい伝統の一頁を
作っていくのである。

昨日そうしたから
今日もそうする。
ひとがそうしているから、
じぶんもそうする。
それはらくかもしれないが、
それでは
生きてゆく甲斐が
ないのである。

どうせ二度と生まれてこない、
しかも短い、宝もののような一生ではないか、
命のある限り精いっぱい働き、
精いっぱい楽しむのがいいのである。
なにを自分の手で、
自分の一生を、
狭く、暗くしてしまうことがあろう。

世間のために気兼ねすることはない。
自分に気兼ねすることはない。
世間の人に気兼ねをして、
自分のしたいことをしないなんて、
最も恥ずべきことだと思うな、自分に対して。
罪悪を犯していることになる。

大した過（あやま）ちのないということ、
ボクはこんな愚劣な話はないとおもいます。
大した過ちがないということは、つまり
なにもしなかったということなのです。
人間というものは、何かすれば、
成功するチャンスもあれば、
失敗するチャンスもある、
どこかに歩いて行こうという場合に、
大した過ちをしないということは、
踏み出さないということではないかと思います。
近頃は若い人まで、生きて行くのに、
大過なく生きて行こうとしている。
人生何十年生きられるものかわかりませんけれども、
過ちがなかったということだけを
誇りにして生きて行くことは、
軽蔑したいのです。

夢をもつことを軽蔑する人がある。
ところが僕なんかは
年をとるほど夢が大きくなる。
夢が大きくなるから
それで支えられているんじゃないか。
夢は死ぬまで持っていなければいけない。

男が女に求めているものは、
女と同じく、
きもちの「真心」なのである。

女の歴史は、家事の歴史かもしれない。
せんたくでも、炊事でも、
しゃがみこんでやっていた時代は、
女の地位も低くかった。

むかしは、五十というと、
おじいさんおばあさんだが、
いまそんなことをいうと
ハリとばされるだろう、
そのくせ、一方では、
いい年をしてとか、
もう大人なんだから、という
昔のままの年の考え方が通用している。

吹聴したがり、
ほめてもらいたがる眼の色は、
うとましい。

暮しは、日々刻々、
生きて流れている。
だから、言葉も、
日々に生き、
刻々に流れている。

国語が乱れている、
などといって嘆く先生がいる。
思い上りもいいとこだ。
言葉というものは、
じぶんの気持を伝える
大切な道具である。
時代が変り、暮しが変れば、
ほっておいても、言葉も変る。
変らなければ、
まいにちの暮しの役に立たない。
だから、言葉には、
移り変りということはあっても、
乱れるとか、乱れない、
なんてことがあるはずはない。

しかし、
だって、
そんなことといったって、
それはそうだが、
でも、
こういった言葉が、
このごろの世の中には、
すこし多すぎるようです。
私たちのこどもは、
男の子でも女の子でも、
こういう責任のがれの
卑怯な人間には
したくないものです。

学校へゆくことが
リクツをおぼえることであり、
そのリクツは、
自分のやったことの
責任をのがれるために
使われるのだったら、
学校など、
ゆかなくてもいいのです。

エチケットとか行儀作法とかは、
形ではなくて、
相手に対しての
おもいやりでなければなるまい。

お説教や修身だけで、
世の中がよくなるはずはない。
くらいと、まちがいは
おこるものである。
適当ないれものがないと、
物はちらかるものである。

オトナも若いモンも、
これはゆがんでいるのである。
ボクもアナタも狂っているのである。
だからこのゆがみを直し、
狂っているのを正気に返し、
健康な秩序を立てなければならぬ。
社会全体に、そういったシツケが
できなければならないという
考え方には、心から賛成である。
ただ、そのためには、
いうまでもないことだが、
これはオトナたちが、まず自分で自分を
シツケルということでなければならないし、
しかも、そのシツケは、
何となくむかしに返る、という
いい加減なことでも困るのである。

どんなに浅はかで、あぶなげに見えても、
若いひとたちを信じていてほしい。
たとえ、一時は行きすぎのように見えても、
世の中は、行きすぎるぐらいで、
全体から見て、やっといくらか
変ってゆくのではないか、
行きすぎを大目に見るだけの心の広さ、
それを、時代の新しく変るときは、
古いひとたちに
持っていてほしいと思う。

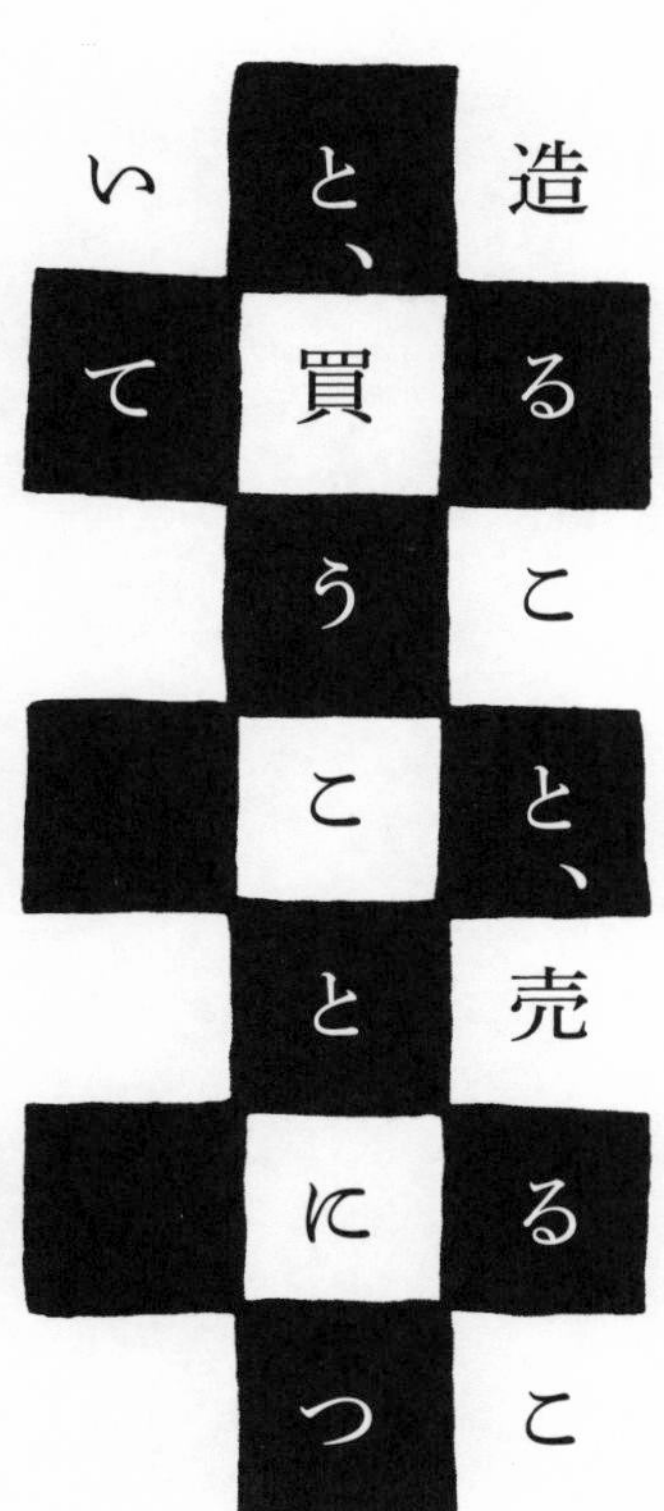

企業よ　そんなにゼニをもうけて　どうしようというのだ

企業ってのは、
絶対に油断してはならない
強敵なんだ。

だましても弱点につけこんでも、
とにかくカネさえとってしまえば、
こちらの勝だという考えで、
ものを作ったり売ったりしている。
えらそうに、資本金何千万、
何億といってみたって、
その根性は、露店のタタキ売り以下なのだ。

ゼニさえもうかれば、
国民の健康もモラルも、
知ったことじゃない、という
ゼニモウケ・アニマルの
面目まる出しである。

物は　いまやゼニであり
ゼニは　いまやものである
ゼニになることなら
ひとのいのちを損うことも
地球のいのちを傷つけることも
平気の平左　どこ吹く風
もうけのためなら　なんでもする
いのちも売る　国も売る
〈誇り〉も売る　といいたいが
どっこい　そんなものは　はじめから
お持ち合せがない

昼となく夜となく、
私たちにおそいかかる
すさまじい商品の洪水は、
とっくに私たちの気持を
つくりかえてしまっている。
私たちは今、
いつも〈なにか〉を買いたがっている。
買いたくてうずうずしている人間の前に、
まるでこれさえあれば
〈幸せ〉がやってくるような顔をして、
新しい商品がつぎつぎに現われたとき、
〈商品をみる目〉など、
一体なにの役に立つだろうか。

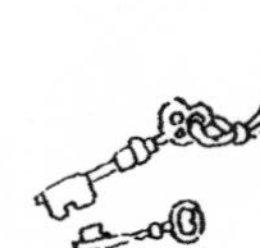

ぼくらに　ものを捨てることを
教えたのは　たれなのか
物を作りながら
その物を捨てさせることばかり考え
物を売りながら
それを捨てて
新しく　買わせることばかりを
考えているのは
たれなのか

ひとの不幸であろうが何だろうが
利用できるものは何でも利用する
ひとの暮しに役に立たなくても
ひとの暮しをダメにすることがわかっていても
売れさえしたら　それでいい
売れるためなら　どんなことでもする
そんな会社や人間ばかりだ
そんな会社や人間が　しかも
こそこそと人目をはばかるどころか
白昼堂々と　大手をふって
天下国家を背負っているような顔をしているのだ
そんな会社や　そんな会社の後押しをした政府が
いま　日本の繁栄を作り上げてやったのは
じぶんたちだ　と胸を張っているのだ
あの敗戦から　奇跡的に立ち直らせたのは
おれたちだ　とうそぶいているのだ

そうなのか　ほんとにそうなのか
それなら　見るがいい
ぼくらの暮しを後まわしにして
ぼくらの血のにじむ税金を使って
そんな企業を後押ししてきた政府よ
その政府と　なあなあでやってきた大企業よ
見るがいい　誇らしげに　君たちが作り上げたという
その世の中を　目をそむけないで
はっきりと見るがいい

大企業が　千もうけたとき
ぼくらがうるおったのは　たったの一だ
大企業が　万もうけたとき
ぼくらがうるおったのは　たったの二だ
大企業が　億もうけたとき
ぼくらがうるおったのは　たったの三だ
しかも　そのたった二か三のうるおいと
引きかえに
ぼくらは　なにを失ったか

君らが狂気のように作りだす工場の煙で
ぼくらの空は　いつも重く曇ってよどみ
君らが平然と流しつづける廃液のために
ぼくらの川と海は　いつも暗く腐って
流れようとはせず
君らの作ったものの出すガスのために
ぼくらの木と草は　夏に枯れて
春にも　花をつけない
君らのために
ぼくらのまわりから　緑は失われ
君らのために
ぼくらはいま　ちっぽけな土地に
ちっぽけな家を建てる望みさえ絶たれ
君らのために
ぼくらはいま　食卓にのぼせる一尾の魚にも
毒はないかと心を痛める

企業よ　そんなにゼニをもうけて
どうしようというのだ
なんのために　生きているのだ

企業家よ
あなたのこころのなかから
急速に失われていったものを　知っているか
それは〈誇り〉だ
じぶんの手で作り出したもの
じぶんの頭で考えついたもの
それへの誇りだ
あなたは　ぼくらに
どうしたら飛びつかせるか
どうしたら　一度飛びついたものを捨てさせて
またべつなものに飛びつかせるか
それだけを考えている
あなたは　あのテレビコマーシャルの中でさえ
じぶんの作ったものを　もうじまんしようとはしない
あなたの心は
泥で作った金銭登録機になった

こうやたらに
物を欲しがらされ、買わされ
後悔させられている、
これはたいへんな災難だが、
しかし台風か洪水みたいな
「天災」とは、
だいぶちがうのである。

あれもこれも、
まるで新型の競争、狂気に近く、
しかも、買っていただく
かんじんのお客に、
「われ早やまてり」と
痛恨切歯(つうこんせっし)させる罪は深かろう。
ほどほどにしておかないと、
メーカー不信の声は、
こんなところから
ジリジリしみわたって、
気がついたときには
どうにもならぬことに
なっているかもしれぬ。

これからの不景気を
切りぬけたかったら、
ほんとに親切な品を
作ることだけを考えなさい。
そういう商品だけが、
過去の不景気を
切りぬけてきたのだから。

落第のキカイを、
高いお金を出して買って、
こちらの〈手〉で、
かんじんの落第点を
必死にかばわなければならぬ、
そんなバカげた話はないのである。

なにごともキカイばやり、量産の時代だが、
それだけに、何十年みがき上げた
「手作り」の美しさが、
これから、ますます光ってくるにちがいない。
すくなくとも、日本のように物の乏しい国では、
この「神技」を思う存分十二分にふるい、
ふりかざして生きてゆくより、
道はあるまいとおもうのだが……。

いちばん嫌いなのは、
すぐこわれて
ダメになるものである。
ふいたり、みがいたり、
洗ったりして
何年も何十年も
大切に使いこんでゆくのが、
なんともいえず好きで、
そうして使いこんだ味が
たまらないのだから、
すぐこわれたのでは、
まったくがっかりして、腹が立つ。
使い捨ての時代だ、などと
シタリ顔をしている連中をみると、
だから、心底から
ケイベツしてしまうのだ。

いまは、
造るもの・売るものと、
買うものの間に
心がつながってないんだ。

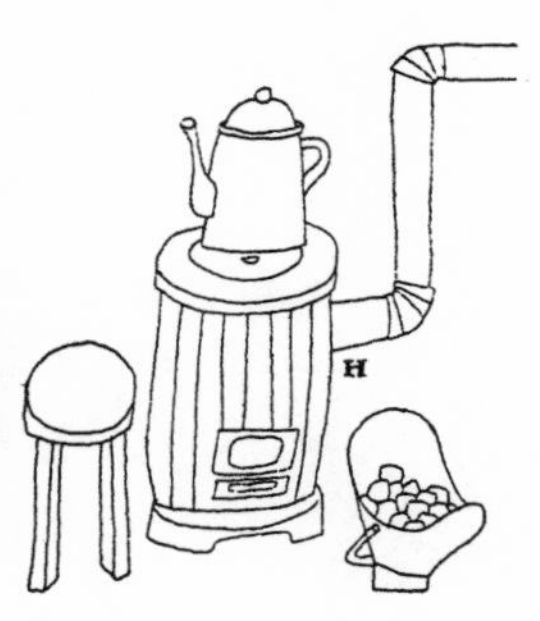

決死的大サービスかもしれない、と
考え直すのは、
万一のよもやにひかされる、
ボクたちの、切ない欲目である。
その欲目につけこむ商人が憎い。
つけこまれるボクたちが、
アホらしさを通りこして、
いじらしい。

もともとメーカーや商社は、
さまざまな、
きたない手を使っている。
その非を鳴らすだけじゃなくて、
こちらも立ち上がる。
カッコイイ理屈だけじゃ
ダメなんだ。

値上げに対抗するには
不買が一番だ。
いや、これ以外にはない。
相手は売るために
作っているのだから、
買手がいなきゃ、
泣き泣きダンピングする。
そのためには、
ある程度、スペアを持っておく。
でなきゃあ、不買運動など、
できっこない。

広告をみるときは、
そこに書いてないことを
探すことにしている。
掃除器など、
どんなに便利かはいっぱい書いてあっても、
音のことは一行もない、
ハハンというわけである。
以来、あとで腹の立つ買物は、
あまりしないですむようだ。

どんなに苦心サンタンして、
でっち上げた広告でも、
ひとの目につかなければ、
全くドブに銭を捨てるようなもので、
こんなバカらしい話はない。
ところが、こんな、あたりまえの、
わかりきったことが、
実際にはわかっていない
広告が多いのである。

百貨店がなかったら、七五三なんて行事は
戦後大ていは忘れてすたれていたろう。
それをご親切に教えて下さるのが、
百貨店の広告だ。
お歳暮のやりとりなども、
こんせつていねいに
目下しつけて下さっているようだ。
日本の四季は、どうやら
デパートの広告やチラシのなかにだけ、
みごとにたもたれているみたいです。

驚天動地あわてふためいているときは
だれでも気どりきれずに、つい本性が出てしまうものらしい。
こんどの新潟地震のあとで、
昭和石油の出した広告は、そのひとつの例である。
「このたび不測の天災に際し、
当社新潟製油所が被災致しまして」
まるで自分のところだけが被災したみたいで、
これは「新潟製油所も」というべきだろうが
それはまあよいとしよう。
つづいて「多大の損害を受けましたが、政府初め
皆様方から御丁重な御見舞と御同情」云々とあって、
そのあとにやっと「また被害を受けられた…近隣の
市民の皆様に対しましては、
心から御見舞申上げるものであります」
これは、どう考えても、おかしい。
昭和石油のタンクが、つぎつぎに燃えて、

そのために近所の民家が三百何十世帯も
焼け出されているのである。
広告を出すなら、まっさきに、その人たちに
「おわび」するのが、順序というものである。
なるほど、タンクが燃えたのは、地震が原因である。
しかし、近所の民家は、地震では、燃えなかった、
どの家も火元に気をつけて火事を出していない。
法律がどうあろうと、昭和石油の首脳部に、
ひとかけらの人間らしい気持があれば、
その民家のひとたちに、すみませんでしたと、
まずいわずにはおられない筈である。
「政府をはじめ」などと、ついそちらにばかり気をとられて、
かんじんの類焼させたほうには、「被害を受けられた」などと、
ひとごとのようないい方をしてしまう、
一見ささいなことのようだが、いまの日本の、
商売人の本性をみせられたような気がするのである。

まったく、
「あたる」広告がやけに目につく。
万年筆を買うと腕時計があたったり、
腕時計を買うと万年筆があたったり、
ベッドもあたれば真珠もあたる、
ラジオもあたれば金三千円ナリもあたる。
そういう広告の一つや二つに、
あたらぬ日はなさそうである。
「あたる」広告をみると、
気の毒になあ、とおもうのが
ぼくのクセである。
とうとう、この商品も落ち目になったか、
左前になったか、とおもうのである。

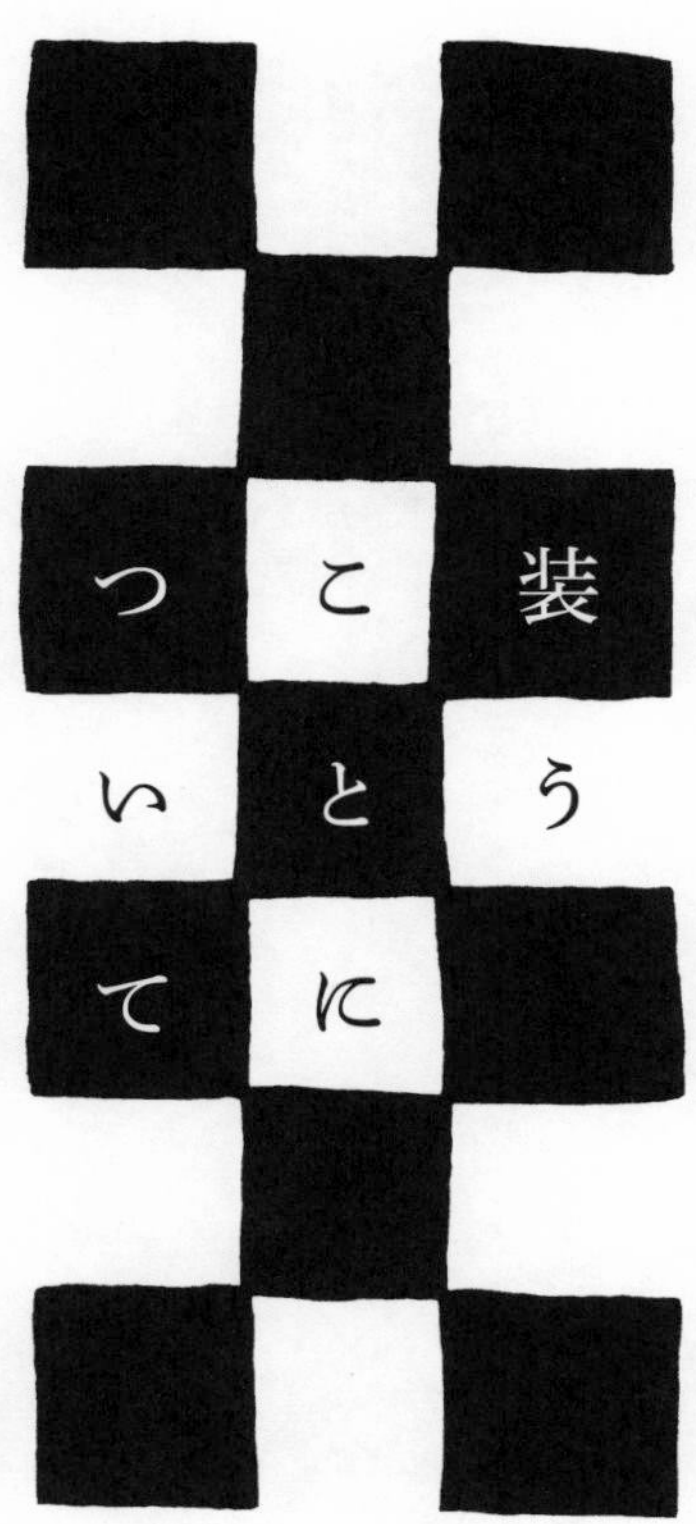

うつくしく着る、ということは、お金だけでは買えない

ものを知らぬひとは、
何と考えるかしらないが、
おしゃれは、本来ケチなものである。
ケチといって悪ければ、
ものを大切にすることである。

君、なにを着たっていいんだよ。
あんまり、わかりきったことだから、
つい憲法にも書き忘れたのだろうが、
すべての人は、どんな家に住んでもいいし、
どんなものを食べてもいいし、
なにを着たっていいのだ。
それが、自由なる市民というものである。

どんなに　みじめな気持でいるときでも
つつましい　おしゃれ心を失わないでいよう
かなしい明け暮れを過しているときこそ
きよらかな　おしゃれ心に灯を点けよう
より良いもの、より美しいものを
求めるための切ないほどの工夫
それを私たちは、正しい意味の、
おしゃれだと言いたいのです
それこそ、私たちの
明日の世界を作る力だと言いたいのです

ひとの真似は、
よくても、悪くても
したくないと思うほどの、
こころの潔癖さが、ほしいと思います。
それは、勇気かも知れません。
それなら勇気が、ほしいと思います。

あなたを、くだらなく飾り立てて、
せっかくの、その美しさを、
こわしてしまわないように。

新しい見た目の珍しいものは、
すぐ飽きられ、
飽きられると、
革が現れて来るのが、アクセサリの歴史である。
革の流行するときは、よくもわるくも、
世の中が激しく動くのを
やめようとするときである。
材料の中で、革は、
いつの時代にも「本もの」と考えられている。
世の中が揺れ動いているときは、
「本もの」は認められない。
これはアクセサリだけのことではないようである。

つらいだろうが、以下の四行を、
何ども読み返しなさい。
ズボンが似合わない、
と言うひとに限って、
言っちゃわるいけれど、
スカートも、決して似合っていない。

お金のかかっているものなら、
何でも美しいと思いこむ、この不幸を、
私たちのコドモには繰返えさせたくない。
この服は高いのよ、と教えるかわりに、
この色は美しいでしょう、
この生地は丈夫なのよと教える、
それがやがてコドモの心に、
真実の美しさを見わける力を
育てるのである。

物の考え方から暮し方から、
学校の成績から友だちの交際から、
顔の造作から、
何から何まで違うくせに、
着ているものだけが
一緒でなければならぬということはない。

なにも憲法民法できめられている
わけじゃあるまいし、
バカのひとつおぼえみたいに、
大の男がセビロを着なければならんと
思いこんでしまうことはないじゃないか。
セエタアでもジャンパアでも、
とにかく自分の着たいものを着て
通勤したって、わるいことはないのだ。

夏に、セビロを上下キチンとつけている奴と、
アロハシャツを着こんでるのとくらべて、
どちらがいいかと言うなら、
モチロンのこと、
アロハシャツの方が立派である。

中身のからっぽなヤツほど、
真夏にネクタイをしめたり、
しめさせたりしたがる。

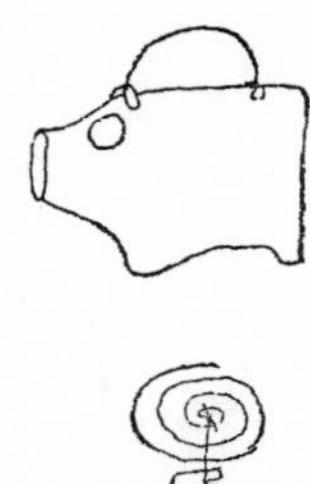

いくらお金があっても、
それだけでは、どうにもならないものが、
いくつもある
たとえば、うつくしく着る、ということは、
お金だけでは買えない
センスのちがいである、
これはお金では買えない

「よそゆき」という言葉は、
実に人間生活らしくない、
真実の乏しい
いやな言葉である。

着こなしは、
着るひとのからだと、
こころと、
暮しをはなれて、
美しかろうはずはない。

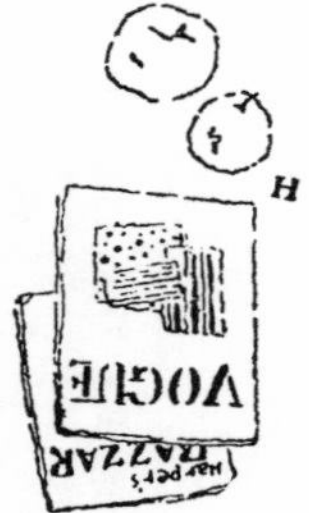

長い顔には、こんなの、
背の低い方にはこんなの、
あんな身体つきにはこう、
こんな身体つきにはああ、と、
よくまあ出任せをああも言えたものだと、
いっそ感心してしまうほど、
まことしやかに事こまかに
デザインの奥義とやらを
新聞雑誌にのべさせたまうご連中が、
その口の一方で、今年の流行はこうだ、
ああだと言っているのは、
矛(ほこ)と盾を売る話の、何のことはない
現代版である。

色の感覚のにぶいものは、
何を着ても、
着ばえのせぬが道理である。

まるでなにかの発作につかれたように、
むやみヤタラに「おしゃれ」をしたがるのは、
その気持を、いじらしいとは思っても、
やがてそれは「あわれ」と見え、
度がすぎると「あさはか」
「あさましい」とさえ
思わせられるのである。

なにか、アクセサリを一つくっつけるごとに、
それだけずつ、美しくなるようにでも
考えちがいしているのではないのだろうか。
宝くじを一枚買うごとに、
百万円ずつ当ったつもりでいるほどに、
ごく無邪気で、アホらしいことである。

七色のクレヨンですら、
ロクな絵もかけないくせに、
あの色がいいとか、
この色がいいとかいうのは
チャンチャラおかしい。

夏、暑いときは、
男もスカートをはいていい筈だ、
スコットランドの兵隊を見たまえ。

もっと無茶苦茶な、
奔放なオシャレの気が
発するのでなければ、
危いかな日本。

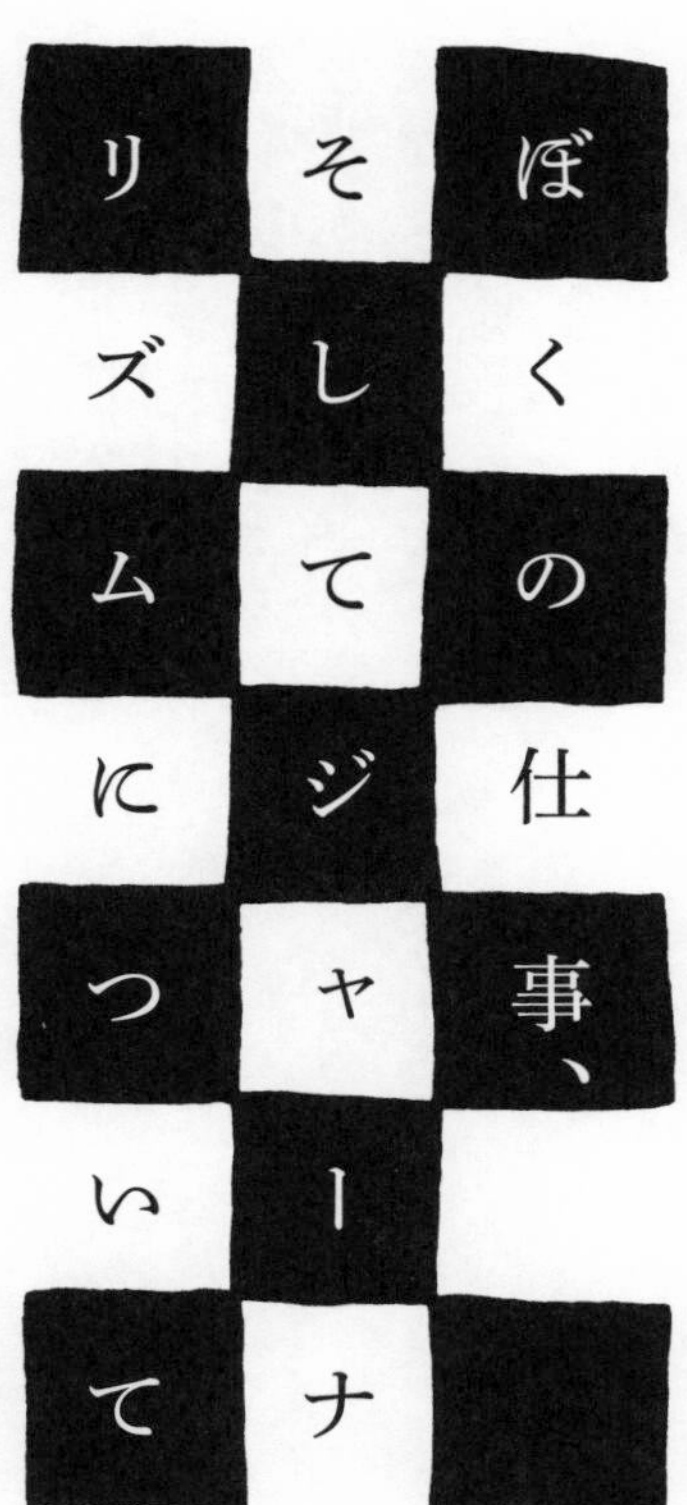

ぼくはやはり、剣よりペンを信じる

ぼくは、ジャーナリストの端くれである。
死ぬ間際まで、原稿の青ペンか、
校正の赤ペンを握っていたい、とおもいさだめている。
死ぬまで〈修羅の巷（ちまた）のまったただなか〉でのたうちまわる、
それが業（ごう）と見きわめている。

ぼくはアーティストじゃない。
アーティストということばには、
ひとの眼をまどわせるような、
どこかキザな響きがある。
芸術家なんて称するのは、
もっと品がない。
アルチザンのほうが
よほどしっくりするんじゃないか。
日本語でいえば職人だ。
職人にリクツはない。

いかなる権力にも、
いかなる圧力にも、
いかなる金力にも屈しないで、
正しいとおもったことを
やりとげる、それには、
いささかの勇気が
要るというわけである。
そのいささかの勇気を、
いつも持ちつづけていたいと、
しみじみとおもうのである。

一生かかって
剣に勝つことができなくても、
ぼくはやはり、
剣よりペンを信じるんだ。
信じない人間が、
どうして勝つことができるか。
信じていたって、
トレーニングをしたって、
勝つかどうかはわからん。
しかし、われわれは、
信じるほかに道はないんだ。

ぼくは編集者である。
ぼくには一本のペンがある。
ぼくは、デモにも加わらない。
ボクは坐りこみもしない。
ぼくには、一本のペンがある。

かっこうが悪くても、
ひとからバカにされようと、
いつもじぶんの手を地につけて、
じぶんの手で現実をつかまえろ。
手を低くしているんだ。
そうすると現実は
しぜんと見えてくる。
明日のことも、
一年後のことも、
十年さきのことだって見えてくる。
手を低くしていると、
眼はしぜんと遠くが
見えてくるものなんだ。
遠くが見えるということは、
眼が高くなったということだ。
逆説なんだ。

どのように書くか、というよりも、
なにを書くかだ。
書かなくてはならないことが、なになのか、
書くほうにそれがわかっていなかったら、
読むひとにはつたわらない。
小手先でことばをもてあそんでも、
読むひとのこころには、
なにもとどかない。

新しい酒は新しい革袋に入れよ、
というういい方がある。
ぼくの考えが、その新しい酒だ。
きみたちは新しい革袋に
ならなくてはダメなんだ。
きみたちがじぶんの考えに固執していたら、
せっかくの新しい酒が腐る。

今まで世になかった
ものを創り出す。
それがスタートで、
ケンカはそれから先だ。

ぼくらの努力は
ほんの大海の一滴みたいなものかも知れぬが、
くたびれず、あきずに
やって行くうちには、
お互いに成長して、
一人ずつが
自分でものを考えていくようになる。

年末だから忙しいときめてかかるあたり、
新聞や放送のアタマは、
一見新しいようで
じつは大へんな紋切型の
古さかもしれぬ。

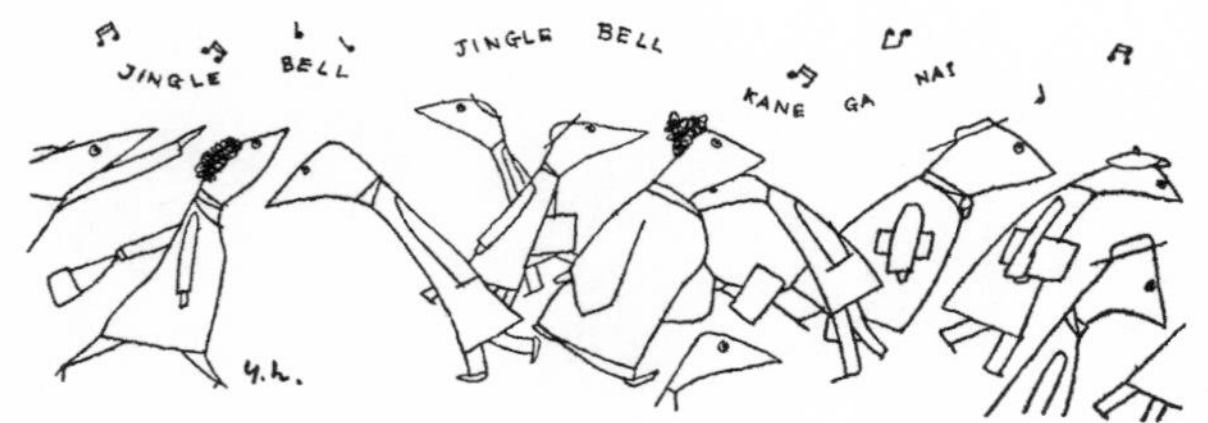

ぼくは
大マスコミというのは、
いまだかつて、
そのへんの庶民のために、
命がけでたたかったことがない、と認識している。
だが、本質的に庶民の立場に立てないとしても、
少なくとも政府のお先棒かつぐことだけは
やめたらどうなのかな、
そういいたいんだ。

火の粉ばっかり払って、
火元を見ないということね、
それはマスコミが
啓蒙せんならんことじゃないですか。
火元はここですよ、元凶はこっちですよ、
陽動作戦におどらされちゃいけませんよ、
というふうにね。
ところが、マスコミは
逆に火の粉を偏(あお)るほうへまわっている感じだな。

昨今は、
出たがらぬ親を、
無理やり引きずり出して、
カメラの前に引きすえ、
ライトを浴びせ、
マイクをつきつけて、
すみませんでした、と
いわせるのが流行する。
申しわけありません、
おわびのしようもありません、と
土下座させたり、
あるいは、辞職したり
首をくろうという気持に
追込んでいるいまのマスコミが、
ぼくには肌さむい。

ジャーナリズムの感覚がこのごろ、
ちとどうかしてるんじゃないか。
大きな事件や災禍が矢つぎばやに起こるから、
すっかり感覚がマヒしてしまって、
何を基準にして
このニュースの重さをはかったらいいか、
わからなくなっているらしい。
ニュースがインフレを
起こしてるんと違うか、といいたくなる。
それで、何か起こると、
最大級にいっときゃ、間違いないワということになって、
スポーツ紙まがいの大見出しをつくる。
大げさにいわないと
気が落着かなくなっているのだ。
ノイローゼじゃないのかね。

このごろ、おもうことは、
明治以来、日本の新聞が、
この社会に果してきた役割の
プラスとマイナスを、このへんで、
一度決算表にしてみたら、ということである。
いろんなプラス、いろんなマイナスが、
山のように積重ねられるにちがいないが、
それを整理していったら、
最後の答えは、
プラスと出るだろうか、
それとも、
マイナスと出るだろうか。

新聞の生命は、記事である。
いくら広告料がほしいからといって、
一見記事とまぎらわしい広告、
記事だと思いこんで
読まれるような広告を
平気でのせて、
果して新聞の面目は、
どこにあるのか。

このごろ、テレビの低俗番組が
世間の問題になっている。
いろんな低俗番組のリストが
作られたりもしているようだ。
もちろん、目にあまるような番組なら、
そういうことも必要かもしれないが、
そういうとき、ふしぎなのは、
低俗だという番組の名はあげられても、
その番組を提供している
スポンサーの名が
上ってこないことである。

ニュースの解説者や、
大学教授のいうことは、
真面目でまちがいがない、
総理大臣のお話は、頭から、ありがたい。
しかし、夜のゴールデンアワーに
ならんでいる番組は、
なんとなく眺めているけれども、
じつは、内心どれも
頭からバカげたもの、
低俗なものと決めこんでいる。
ほんとをいうと、
こういうテレビの見方のほうが、
〈困ったもの〉ではないかという気がするのだ。

君がなんとおもおうと、これが戦争なのだ

その戦争は、一九四一年（昭和十六年）
十二月八日にはじまり、
一九四五年（昭和二十年）
八月十五日に終った。
それは、言語に絶する暮しであった。
その言語に絶する明け暮れのなかに、
人たちは、体力と精神力の
ぎりぎりまでもちこたえて、
やっと生きてきた。
親を失い、兄弟を失い、夫を失い、
子を失い、大事な人を失い、
そして、青春をうしない、
それでも生きてきた。
家を焼かれ、財産を焼かれ、
夜も、朝も、日なかも、
飢えながら、生きてきた。

戦争がだんだんはげしくなってきて、
これは、敗けるかも知れないという
重苦しい気持が、じわじわと、
みんなの心をしめつけはじめるころには、
もう私たちの心から、〈美しい〉ものを、
美しいと見るゆとりが、失われていた。
燃えるばかりの赤い夕焼けを美しいとみるかわりに、
その夜の、大空襲は、どこへ来るのかとおもった、
さわやかな月明を美しいとみるまえに、
折角の灯火管制が、何の役にも立たなくなるのを憎んだ。
道端の野の花を美しいとみるよりも、
食べられないだろうかと、ひき抜いてみたりした。

星一つの二等兵のころ　教育掛りの軍曹が
突如として　どなった
貴様らの代りは　一銭五厘で来る
軍馬は　そうはいかんぞ
聞いたとたん　あっ気にとられた
しばらくして　むらむらと腹が立った
そのころ　葉書は一銭五厘だった
兵隊は　一銭五厘の葉書で　いくらでも
召集できる　という意味だった

貴様らの代りは　一銭五厘で来るぞ　と
どなられながら　一銭五厘は戦場を
くたくたになって歩いた
へとへとになって眠った
一銭五厘は　死んだ
一銭五厘は　けがをした　片わになった
一銭五厘を　べつの名で言ってみようか
〈庶民〉
ぼくらだ　君らだ

戦争中、兵隊だったとき、
ほとんど毎日が歩くことの連続だった。
重機関銃隊で、馬をひっぱっていた。
日中も歩いた、夜中も歩いた、
夜は半ば眠りながら歩いたが、
ふしぎに銃だけはちゃんとになっていた。
疲れてくると、その一丁の銃の重さが
肩に食いこんだ。
やっと小休止の声がかかると、
そのままぶったおれた。
泥んこであろうと
石ころだらけだろうと
かまわなかった。
もう一メートルも横に、
適当なところがあることが
わかっていても、

それさえする気がなかった。
家に帰りたかった。
ぶったおれて、暗い夜空をみていると、
どういうものか、いつでもきまった
一つの風景がうかんできた。
うすい水色の空に、
らんまんと咲いている桜だった。
通勤の朝、東横線の車窓から、
どこか田園調布と自由ヵ丘の
あいだでみた風景だった。
もうああして、通勤することも
あるまいとおもうと、
うす汚れたセルロイドの
吊り皮の手ざわりが、
しめつけられるように
なつかしかった。

……兵隊たちは、ひとりのこらず、
小判形のシンチュウの
小さい札を持たされていた。
戦死したとき、身元を確認するためのもので、
「認識票」というのが正しい呼び名だったが、
兵隊たちは「靖国神社のキップ」と言っていた。
……兵隊たちは、歩きつかれてくると、
食べものの話と、家に帰る話をした。
ここから日本へ帰るには
どうしたらよいかを、大まじめで研究した。
いつもぶつかるのは海であった。
陸地はなんとかたどってゆくことにしたが、
朝鮮海峡までくると、それまで活気のあった会話が、
いつでもポツンと切れた。
だまりこんで疲れた足をひきずりながら、
ああ帰りたいなあ、とおもった。

そんなとき、ひょっと
ハダの認識票が気になることがあった。
「靖国神社直行」、日本へ帰る
いちばんの早道にはちがいなかった。
……古風なことをいうようだが、
人間には、やはり、
その人そのひとに持って生まれた
星というものがあるのだろうか。
兵隊は、みんな家に帰りたかった。
そして帰ってきた者もある。
帰ってこなかった者もある。

昭和20年8月15日
あの夜
もう空襲はなかった
もう戦争は　すんだ
まるで　うそみたいだった
なんだか　ばかみたいだった
へらへらとわらうと　涙がでてきた

戦争がない　ということは
それは　ほんのちょっとしたことだった
たとえば　夜になると　電灯のスイッチを
ひねる　ということだった
たとえば　ねるときには　ねまきに着かえて
眠るということだった
生きるということは　生きて暮すということは
そんなことだったのだ
戦争には敗けた　しかし
戦争のないことは　すばらしかった

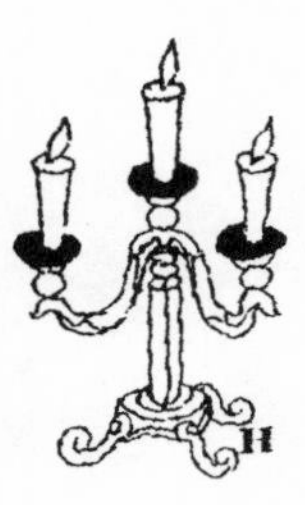

敗戦でもしも
得たものがあるとしたら、
暮しを軽んじる気持、
見せかけの体面を重んじる気持に、
人それぞれ、
いくらかの反省があったということだろう。

暮しなんてものはなんだ、
少なくとも男にとっては、
もっとなにか大事なものがある、
なにかはわからんくせに、
なにかがあるような気がして
生きていたわけです。
あるいはあるように教えられてきた。
戦争に敗けてみると、
実はなんにもなかったのです。
暮しを犠牲にしてまで守る、
戦うものはなんにもなかった。
それなのに大事な暮しを
八月十五日までは
とことん軽(かろ)んじてきた、
あるいは軽んじさせられてきたのです。

外国には大てい
無名戦士の墓があって、
各国の元首や首相級の人物が
その国を訪れると、
必ずおまいりするのが儀礼である。
まえの首相岸信介氏が
外遊したときも、
もちろんそうしてきたが、
出かけるまえ、
日本の無名戦士の墓に
まいってくれとたのんだら、
忙しいからと
花束だけをとどけてよこした。

ぼくらが　どんなに忘れたいとおもっても
忘れられない　あの日が　またやってくる
ぼくらだけは　やっぱり
あの日を忘れてはいけなかったのだ
今年も　また　あのしらじらしい
〈全国戦没者追悼式〉が　挙行されることだろう
しかし　死んでいった
あの何百万という人たちに対して
その死のつぐないが
このザマだと　生き残ったぼくらが
はっきり言うのでなければ
ありきたりの追悼の言葉など
なんにもなりはしないのだ
ぼくらに必要なのは
あんな紋切型の追悼式ではなくて
あの敗戦の日　大人だった

ぼくらひとりひとりの心の中の慰霊祭だ
ぼくらは　そのたったひとりの慰霊祭で
どんなにつらくても　苦しくても
痛烈なおもいをこめて
あなたがたの死によって　あがなわれたのが
こんな世の中だということを
そして　こんな世の中を作り上げたのは
ぼくらだ　ということを
その肺腑をえぐる挽歌（かなしみうた）を
死んでいった何百万のひとのまえで
はっきりとうたわねばならないのだ

死んで靖国神社に
まつられているものもあれば、
名もわからず
弾薬庫のすみにおかれ、
やっと墓が出来ても、
国も知らん顔、
だれもかえりみようと
しない者もある。
（こんな国ってあるものか）

どこの国だって、
金がありあまって、捨てたいぐらいで、
それで仕方なしに武器でも持とうか、
などという国は一つもない。
それどころか、国民のひとりひとりが、
つらいおもいをして、やっとかせいだ金を、
むりやりに出させて、
それで武器を作ったり買ったり、
兵隊を養ったり、
それを使って戦争をして、
人を殺したり、町を廃墟にしたり、
暮しをぶちこわしたりしている。
こんな、バカげたことって、
あるものではないのである。

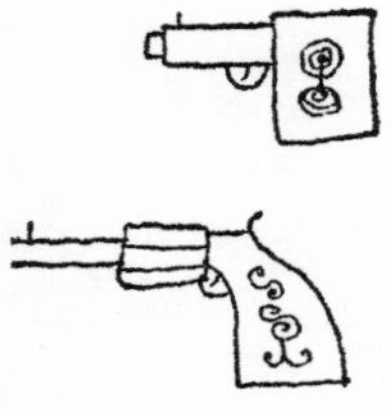

とにかく、
あんな太古原始の時代から、
人類は武器をもちつづけてきて、
ついに核爆弾まで、来てしまったのである。
まったく、バカもいいところだ。
なにが万物の霊長だ。

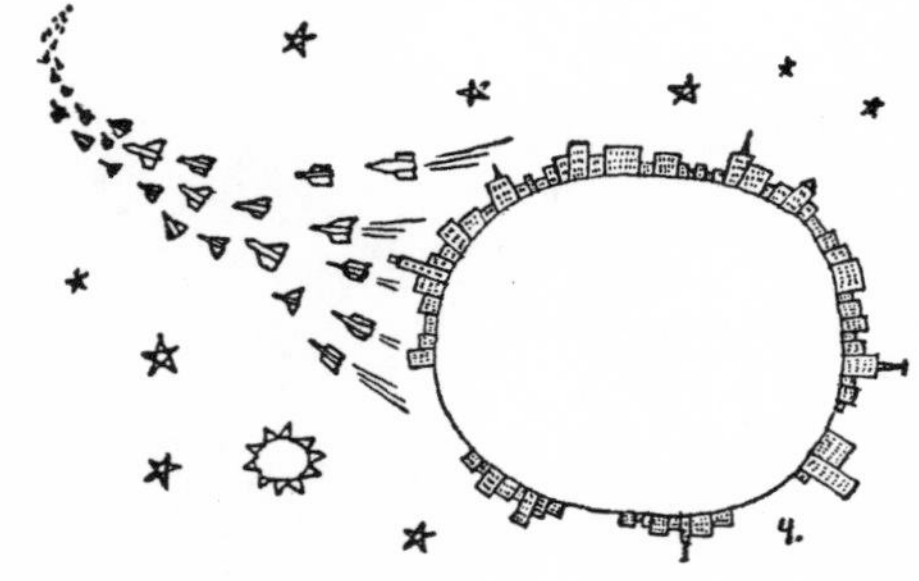

地球の上の、すべての国、
すべての民族、
すべての人間が
一人残らず亡びてしまうまで、
ついに武器を捨てることができないなんて。
ぼくたち、この人間とは、
そんなにまで愚かなものだとはおもえない。
ぼくは、人間を信じている。
ぼくは、人間に絶望しない。

人間の歴史はじまって以来、
世界中どこの国もやったことのないこと、
やれなかったことを、
いま、日本はやってのけている。
日本国憲法第九条。
日本国民は……
武力による威嚇又は武力の行使は、
国際紛争を解決する手段としては、
永久にこれを放棄する。
なんという、すがすがしさだろう。
ぼくは、じぶんの国が、
こんなすばらしい憲法をもっていることを、
誇りにしている。
あんなものは、押しつけられたものだ、
画(え)にかいた餅だ、単なる理想だ、という人がいる。
だれが草案を作ったって、

よければ、それでいいではないか。
理想なら、全力をあげて、
これを形にしようではないか。
全世界に向って、武器を捨てよう、と
いうことができるのは、日本だけである。
日本は、それをいう権利がある。
日本には、それをいわなければならぬ義務がある。

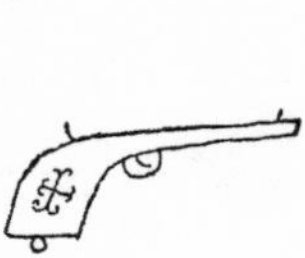

総理大臣は、全世界百三十六の国の責任者に、
武器を捨てることを訴えなさい。
なにをたわけたこと、と
一笑に附されるだろうとおもう。
そうしたら、もう一度呼びかけなさい。
そこで、バカ扱いにされたら、
もう一度訴えなさい。
十回でも百回でも千回でも、
世界中がその気になるまで、
くり返し、くり返し、呼びかけ、
説き訴えなさい。
全世界が、武器を捨てる。
全世界から戦争がなくなる。
それがどういうことか、どんな国だって、
わからない筈はないのである。
いつかは、その日がくる。

卑怯者、非国民といわれるのが
恐ろしくて、耐えられなくて、
お父さんたちは、銃をとって
戦場へ赴（おもむ）いたのだ。
もし、お前が、
平和をまもりたいと
本気でねがうのなら、
お前にはっきり言っておきたい。
卑怯者といわれ、意気地なしとののしられ、
ときに、非国民と罵倒されても、
歯を食いしばって、がまんするのだ。
それは、辛いことだ。
男としては、じつに耐えがたいことだ。
しかし、それをがまんしなければ、
日本は何度でも、おなじあやまちを
くり返しそうな気配がするのである。

戦争を起こそうというものが出てきたときに、
それはいやだ、反対するというには
反対する側に
守るに足るものがなくちゃいかんのじゃないか。
つまりぼくを含めてですよ。
この前の戦争がはじまったとき、
自分の土地なく、自分の家ないわけでしょう、
借家ですよね。
サラリーマンであったら
ほとんど貯金はない。
なにを守ろうとしますか。
それで大東亜共栄圏だとか、
悠久の大義だとか、
男子はなんとかのために死ね
なんていわれると、
やっぱり血がかっかとしてくる。

これがある程度土地をもち、
ある程度自分の家があり、
そのなかにある程度執着があり、
そうとうでなくても貯金なりなんなりがあると、
ちょっと考えるだろう。
日本にはそれがあった連中が、
それをふやすために
戦争をしたともいえるでしょう。
それで一般のわれわれは、
それがなかったから
簡単にゴボウ抜きだ。
抜く必要もない、
浮いておるんだから、こっちへこっちへ
寄せてくれれば、すくいとられてしまう。
風呂のアカみたいなものだった。

戦争は恐ろしい。
なんでもない人たちを巻きこんで、
末は死までに追い込んでしまう。
戦争を反対しなくてはいけない。
君はそのことがわかるか……。

特別収録

花森安治讃

鶴見俊輔

なるべくめだたない服装をする。それが不良少年のたしなみである。犯罪者としてつかまらないようにする。

小学生のころから、私はこのことに注意していた。

ところが、花森安治には、戦後早くから、心をひかれた。花森さんが卒業論文の参考文献としたのが、エリック・ギルの『衣裳論』だったと知ってからである。ギルの本は私の愛読書である。もし私が肥っていたら、中世の僧服のような、腹をかくす服を着てみたいと思っていた。

もうひとつ、私が京都にきて、一週間ほどして会った梅棹忠夫は、会いに行くと、花森安治編集の雑誌「暮しの手帖」を揃えていた。家の改築を何年もかけて自分でやるのだと言った。庭に大工道具が置いてあった。

さらにひとつ、花森安治は京都に滞在中、心臓が痛くなって、松田道雄医師に連絡をとった。松田さんは、私のこどもが赤ん坊のときから世話になったホーム・ドクターである。

梅棹、松田両氏は、いま九十歳に近い私が生涯を通して仰ぎ見る人である。

私は花森安治に会ったことがない。写真で見るばかりである。戦時は知らず、戦後に書かれた文章には、いつも感心していた。あのように対象の核心をとらえ、わかりやすい文章を、自分も書けないものかと思っている。私は、十五歳から米国に渡り、十九歳の終わりに日米交換船で日本に戻るまで、日本語から離れていた。日本語でよい文章を書くことは、私にはむずかしい。

徴兵検査、そのあと海軍軍属（ドイツ語通訳）としての暮らしは、戦時下の日本語習得をさらにゆがめて、ようやく、生きて敗戦を迎えたものの、私にとってすぐれた日本語の習得は、困難だった。幸い、梅棹忠夫、松田道雄と、身辺に人を得て、何がよい日本語かという標準は定まったが、その後日本で暮らした七十年は、どれほど私の日本語をよくしたか、心もとない。

花森さんの『一戔五厘の旗』という文集に感動した。戦時の大政翼賛会勤務は、この著者の中に、強い反戦思想と国家批判を育てた。

津野海太郎による花森安治伝を読み進み、この芯の強さが、こどものときから、どういうふうに育ったかを知ることができた。

エリック・ギルの『衣裳論』と一脈通じるところを感じる。日本の服装は、単純な一枚を活かすところに基があった。私がいたころは、これがおなじ人間の食べるものかとおどろいてばかりいる米国人が、今やスシを食べ、サシミを食べるようになった。私の予想しなかった世界の変化である。

ペン・クラブの大会が日本で開かれたとき、スシやサシミに手を出す米国人は少なかったが、今や米国では、アヴォカドのような食材をもちこんで、スシそのものの変化をきわだたせている。

日本語でも新しい波がおこってよいときである。花森安治の文章は、小学校の教科書を通して受けつがれてゆき、日本の大学の文体、さらには官僚の文体を変えてゆく実力をもつものと思う。九十歳に近く、もうろくの巣穴にとじこもりながら、私はそういう未来に夢を馳せる。

（哲学者／初出「文藝別冊 花森安治」二〇一一年一二月・河出書房新社）

解説

キッチンの窓を開けて

枝元なほみ

キッチンにいて、にんじんを、白菜を、トマトを切っていて、
ああきれいだなあ、と手を止めることがある。
ふたつに割ったときのアボカドの、緑からクリーム色へのグラデーション。
春になって、季節に気を許したように　葉がのびのびと巻きを緩めて
風を含んだように色までふんわりしたキャベツ。
台所の片隅にさす日差しにも、まな板の上にも
季節がめぐってくる、そのことが胸を温める。

花森安治さんの言葉に接した時にも同じように感じたのだ。
はっとする瞬間があって

心をつかまえられて立ち止まって
面とむかって正面切って見つめ直さずにいられない言葉たち。
命につながる美しさを大事に抱えて
暮らしを育てる意思に　目を凝らす言葉。

どんなに　みじめな気持でいるときでも
つつましい　おしゃれ心を失わないでいよう

それでも。
いくら磨き込むように
日々を丁寧に暮らそうと心がけても
自分の台所の平和を守るだけじゃどうにもならない
はみ出すような　滑り落ちるような
危うい状況も降ってくるわけで。
キッチンの窓を開けて、社会と繋がらなくちゃと思うようになった。

…いったい、どこが天下泰平なのですか。
いうならば、乱世である。
お互い、うじゃじゃけのかぎりをつくした乱世ではないか。

政治も、国のあり方も、世のあり方進み方も、
キッチンとつながっている。
主役である私たちの　食べて生きていくことを支えるものだから
もしそこが腐ったら、いくら料理しようとしても
まともな一皿ができあがるはずはないのだ。
繰り返す。
主役は私たちだ、
日々を生きていく私たちが
歴史の縦糸横糸を紡いでいく。

〈国をまもる〉とか
〈国益〉とかいいます、

そのときの〈国〉という言葉には、
　ぼくらの暮しやいのちは
　ふくまれていないはずです。

花森さんの言葉が
その言葉を紡いだ時代と今を
まるで串刺しにするように響く。
何十年も前から私たち同じ問題をかかえているの？　と
不安になるくらいに　ぴしりと
今を言い当てているような言葉たちが出てくる。
驚く。だって、ぴしりっと当たるのだもの。

　ぼくは
　大マスコミというのは、
　いまだかつて、
そのへんの庶民のために、

命がけでたたかったことがない、と認識している。
だが、本質的に庶民の立場に立てないとしても、
少なくとも政府のお先棒かつぐことだけは
やめたらどうなのかな、
そういいたいんだ。

その、ぴしりと打つような強い言葉が出てくる根元には
命のかかった　戦争の経験があるのだろう。
花森さんより、十七年あとに生まれた私の父のことを思い出す。
飛行機の整備をする年若い兵だった父は、戦地に赴くことはなかったが
「何人もの特攻兵を見送った」と、ときおり酔って泣きながら話した。
「自分が特攻に志願したときは一晩、一人部屋をもらえた。
でも、寂しくて寂しくて、幽霊でもいいから出てきてくれないかと思ったんだ」
うろ覚えだけれど、そんな言葉を記憶している。
子供だった私は「幽霊でもいいから出てきて欲しいほど一人でいられない夜」

を想像した。

その重さが記憶の底に沈んだ。

亡くなった多くの命だけでなく、お腹を空かせた自分の体を運ぶことさえ大変だった兵たちにも、残る女たち子供たちにも、一人一人の人に癒えない傷を残したのが戦争だったのだろう。

…その肺腑をえぐる挽歌(かなしみうた)を
死んでいった何百万のひとのまえで
はっきりとうたわねばならないのだ

昭和20年8月15日
あの夜
もう空襲はなかった
もう戦争は　すんだ
まるで　うそみたいだった
なんだか　ばかみたいだった

へらへらとわらうと　涙がでてきた

生きていて、道に迷ったように感じるときは、
目の前に広がるのは広い原っぱのような地面で
どこかに辿り着くはずの道などないのだ、と思うことにした。
道に迷うと思うから、
道を踏み外したくないと思うし、
迷ったら道に戻りたい、と思うのだろう。
教科書にあるような正解なんてない。
迷うのじゃなくて、そんなカオスの中に住んでいるのだ。
立ち止まろうがどっちに行こうが好き勝手
ここが居場所だ、と思うことにしよう、まずは落ち着くことにしよう。

でも。
遠くにでも近くにでも
ともる灯(ひ)があれば

どんなにか心強いことだろう。
まず、あそこまで行ってみよう、と思えるじゃないか。
灯をともしてくれる人に会いに行こう、と。

戦争がない　ということは
それは　ほんのちょっとしたことだった
たとえば　夜になると　電灯のスイッチを
ひねる　ということだった

（料理研究家）

出典一覧／注釈

・この中の　どれか～　「暮しの手帖 1世紀1号」1948年（昭和23）・暮しの手帖社
［注釈］花森により、創刊から毎号、表紙裏に入れられている一文の抜粋だが、一度だけこの文章が入らない号があった。1959年（昭和34）に発行された1世紀50号では、恒例の文章に代わり「暮しの手帖を読んでくださる方に」と題し、読者への感謝を綴った手紙が封筒に入れられ添付されていた。

美について

・絶えず努力する～（扉）「暮しの手帖 1世紀1号」1948年（昭和23）「自分で作れるアクセサリ」
・美しいものを～　花森安治『服飾の讀本』1950年（昭和25）・衣裳研究所
・せめて子供の～　花森安治『服飾の讀本』1950年（昭和25）
・美しいものは～　「暮しの手帖 1世紀1号」1948年（昭和23）「自分で作れるアクセサリ」
・人間の手は～　唐澤平吉『花森安治の編集室』1997年（平成9）・晶文社
・芸術を粗末にして～　「アトリエ」1952年（昭和27）5月号・アトリエ出版社「色のない暮し」
・暮しと結びついた～　酒井寛『花森安治の仕事』1988年（昭和63）・朝日新聞社
・一つの道具が～　「少女の友」1947年（昭和22）3月号・実業之日本社「美しい着もの」
・すぐれた機械には～　「暮しの手帖 1世紀95号」1968年（昭和43）「美しいものを」
・花といえば～　「暮しの手帖 1世紀95号」1968年（昭和43）「美しいものを」

・機械は～　「暮しの手帖　1世紀95号」1968年（昭和43）「美しいものを」
・平均点の～　花森安治『服飾の讀本』1950年（昭和25）
・美しいということは～　「それいゆ」10号　1949年6月（昭和24）・ひまわり社「若いひとに」
・バラの花と～　「暮しの手帖　1世紀76号」1964年（昭和39）「もっと美しく着るために」
・僕たちは～　「アトリエ」1952年（昭和27）5月号「色のない暮し」
・とかく日本人は～　「演劇界」1953年（昭和28）4月号・演劇出版社「衣裳研究家の花森安治氏に歌舞伎の話を訊く」
・もう誰もかれもが～　「装苑」1952年（昭和27）7月号・文化出版局「服装時評　デザインは芸術ではない」
・芸術と～　「装苑」1952年（昭和27）7月号「服装時評　デザインは芸術ではない」
・何という国かと～　「装苑」1953年（昭和28）4月号　連載対談「おしゃれごころは国境を越えて」
・日本人のなかで～　「暮しの手帖　1世紀95号」1968年（昭和43）「美しいものを」

この国について

・まちがいだらけの～（扉）　「朝日新聞」連載「きのうきょう」1954年（昭和29）9月19日・朝日新聞社「ケイベツされた職人」
・いまは、天下泰平～　「暮しの手帖　1世紀90号」1967年（昭和42）「どぶねずみ色の若者たち」
・政治家は選挙民に～　「暮しの手帖　2世紀1号」1969年（昭和44）「もののけじめ」
・世の中は、ゼニの～　「暮しの手帖　2世紀33号」1974年（昭和49）「公共料金の値上がりと総理大臣」
・世の中が乱れる～　「暮しの手帖　2世紀22号」1973年（昭和48）「乱世の兆し」

・もののけじめが〜　「暮しの手帖　2世紀1号」1969年（昭和44）「もののけじめ」
・〈かけがえのない地球〉だとか〜　「暮しの手帖　2世紀21号」1972年（昭和47）「未来は灰色だから」
・いま、ぼくたちは〜　「暮しの手帖　1世紀71号」1963年（昭和38）「お茶でも入れて」
［注釈］日本は、翌年にアジア初となる東京オリンピックの開幕を控えていた。
・色と限らず〜　花森安治『服飾の讀本』1950年（昭和25）
・政治のあり方を〜　「暮しの手帖　2世紀1号」1969年（昭和44）「もののけじめ」
・政党や政治に〜　「暮しの手帖　2世紀1号」1969年（昭和44）「もののけじめ」
・歌もなく〜　「朝日新聞」連載「きのうきょう」1957年（昭和32）9月19日「ワッショイ騒ぎ」
・〈国をまもる〉とか〜　「暮しの手帖　2世紀28号」1974年（昭和49）「買いおきのすすめ」
・あの戦争の末期〜　「暮しの手帖　2世紀28号」1974年（昭和49）「買いおきのすすめ」
・国家とか日本〜　「暮しの手帖　1世紀55号」1960年（昭和35）「風の吹く町で」
・いま、ひどい目に〜　「暮しの手帖　2世紀28号」1974年（昭和49）「買いおきのすすめ」
・ひとのゼニだと〜　「暮しの手帖　2世紀16号」1972年（昭和47）「みなさん物をたいせつに」
・ぼくらは　しがない〜　「暮しの手帖　2世紀16号」1972年（昭和47）「みなさん物をたいせつに」
・この日本という〜　「暮しの手帖　2世紀2号」1969年（昭和44）「国をまもるということ」
・〈くに〉に〜　「暮しの手帖　2世紀2号」1969年（昭和44）「国をまもるということ」
・いまの世の中では〜　「週刊読売」1954年（昭和29）12月5日号・読売新聞社「パチンコ知らず」
・いま一番大切なのは〜　「週刊読売」1954年（昭和29）12月5日号「パチンコ知らず」
・みんな、じぶんの〜　「暮しの手帖　2世紀44号」1976年（昭和51）「ぼくはもう、投票しない」

・国民を馬鹿にして～　「暮しの手帖　1世紀55号」1960年（昭和35）「風の吹く町で」
・どうやら、ぼくらの～　「暮しの手帖　2世紀44号」1976年（昭和51）「ぼくはもう、投票しない」
・いったいだれのために～　「暮しの手帖　2世紀1号」1969年（昭和44）「もののけじめ」
・政治家よ～　「暮しの手帖　2世紀16号」1972年（昭和47）「みなさん物をたいせつに」
・せめてもの～　「暮しの手帖　2世紀16号」1972年（昭和47）「みなさん物をたいせつに」
・さて　ぼくらは～　「暮しの手帖　2世紀8号」1970年（昭和45）「見よ　ぼくら一戔五厘の旗」
・民主主義の〈民〉は～　「暮しの手帖　2世紀8号」1970年（昭和45）「見よ　ぼくら一戔五厘の旗」

私たちの暮しについて

・暮しは、生きている～（扉）　「暮しの手帖　1世紀28号」1955年（昭和30）「風俗さまざま」
・おそらく、一つの内閣を～　「暮しの手帖　1世紀9号」1950年（昭和25）「風俗の手帖 みそ汁と内閣」
・内閣は、三日や～　「暮しの手帖　1世紀9号」1950年（昭和25）「風俗の手帖 みそ汁と内閣」
・ぼくらの暮しを、まもってくれる～　「暮しの手帖　2世紀28号」1974年（昭和49）「買いおきのすすめ」
・ぼくらの暮しを　おびやかすもの～　「暮しの手帖　2世紀25号」1973年（昭和48）「二十八年の日日を痛恨する歌」
・ケチは決して～　「毎日新聞」掲載年月日不明・毎日新聞社
・節約とは～　「くらしの工夫」1942年（昭和17）・生活社「きもの讀本」
［注釈］戦争中の婦人雑誌で、伊東胡蝶園（現・パピリオ）で共に働いた、花森のデザインの師とも言える佐野繁次郎による装幀。花森は「安並半太郎」のペンネームで執筆。同社の「すまひといふく」でも同じ

ペンネームで執筆している。

・いまや、とうふと～　「暮しの手帖　2世紀48号」1977年（昭和52）「ものみな悪くなりゆく」

・どうも、貧乏国民のくせに～　「主婦と生活」1948年（昭和23）6月号・主婦と生活社　座談会「どうしたらあなたの服装（みなり）が美しくなるか※一流専門家がたは語る※」

・ぼくら　このごろ～　「暮しの手帖　2世紀16号」1972年（昭和47）「みなさん物をたいせつに」

・ぼくらよ　いささか～　「暮しの手帖　2世紀16号」1972年（昭和47）「みなさん物をたいせつに」

・亡びゆくものは～　「暮しの手帖　1世紀28号」1955年（昭和30）「風俗さまざま」

・われわれは　伝統を～　「暮しの手帖　1世紀30号」1958年（昭和33）「風俗さまざま」

・昨日そうしたから～　「暮しの手帖　1世紀84号」1966年（昭和41）「結婚式この奇妙なもの」

・どうせ二度と～　「暮しの手帖　1世紀10号」1950年（昭和25）「風俗の手帖」

・世間のために～　「装苑」1953年（昭和28）3月号　連載対談「映画、服装、生活、女の夢ｅｔｃ」

・大した過ちのない～　花森安治『風俗時評』1953年（昭和28）・東洋経済新報社「大阪の暮し東京の暮し」

［注釈］花森は1951年（昭和26）に開局したラジオ東京（現在のTBSラジオ）でパーソナリティを務めていた。「おしゃれ手帖」としてスタートし、「貴方の時間」を経て「風俗時評」へと番組名は変わり、後に書籍化された。

・夢をもつことを～　「装苑」1953年（昭和28）3月号　連載対談「映画、服装、生活、女の夢ｅｔｃ」

・男が女に求めているものは～　「すまひといふく」1942年（昭和17）・生活社「きもの讀本」

・女の歴史は～　「暮しの手帖　2世紀16号」1972年（昭和47）「道具再見」

・むかしは、五十というと～　「暮しの手帖　1世紀78号」1965年（昭和40）「お互いの年令を10才引下げよう」
・吹聴したがり〜　「美貌」1949年（昭和24）10月号・近代女性社「これからの和服の柄といろについて」
・暮しは、日々刻々〜　「暮しの手帖　2世紀10号」1971年（昭和46）「国語の辞書をテストする」
・国語が乱れている〜　「朝日新聞」連載「わが思索わが風土」1972年（昭和47）6月15日「お母さん」
・しかし、だって〜　「暮しの手帖　1世紀65号」1962年（昭和37）「うけこたえ」
・学校へゆくことが〜　「暮しの手帖　1世紀65号」1962年（昭和37）「うけこたえ」
・エチケットとか〜　「暮しの手帖　1世紀84号」1966年（昭和41）「結婚式この奇妙なもの」
・お説教や修身だけで〜　「朝日新聞」連載「きのうきょう」1963年（昭和38）3月17日「ゴミ列車進行中」
・オトナも若いモンも〜　「読売新聞」1953年（昭和28）8月22日・読売新聞社「現代青年風俗時評」
・どんなに浅はかで〜　花森安治『服飾の讀本』1950年（昭和25）

造ること、売ること、買うことについて

・企業よ　そんなに〜（扉）　「暮しの手帖　2世紀8号」1970年（昭和45）「見よ　ぼくら一戔五厘の旗」
・企業ってのは〜　「週刊朝日」1971年（昭和46）11月19日号・朝日新聞社「花森安治における一銭五厘の精神」
・だましても〜　「朝日新聞」連載「きのうきょう」1954年（昭和29）6月20日「ブラウスのシミ」
・ゼニさえもうかれば〜　「暮しの手帖　2世紀5号」1970年（昭和45）「たばこをのみはじめた息子に与える手紙」
・物は　いまやゼニであり〜　「暮しの手帖　2世紀16号」1972年（昭和47）「みなさん物をたいせつに」

・昼となく夜となく〜 「暮しの手帖 1世紀100号」1969年（昭和44）「商品テスト入門」
・ぼくらに ものを捨てることを〜 「暮しの手帖 2世紀16号」1972年（昭和47）「みなさん物をたいせつに」
・ひとの不幸であろうが〜 「暮しの手帖 2世紀25号」1973年（昭和48）「二十八年の日日を痛恨する歌」
・大企業が 千もうけたとき〜 「暮しの手帖 2世紀25号」1973年（昭和48）「二十八年の日日を痛恨する歌」
・君らが狂気のように〜 「暮しの手帖 2世紀25号」1973年（昭和48）「二十八年の日日を痛恨する歌」
［注釈］日本が高度経済成長の真っただ中にあった1970年代は公害問題が深刻化していて、水俣病などの公害病を引き起こしていた。
・企業よ そんなに〜 「暮しの手帖 2世紀8号」1970年（昭和45）「見よ ぼくら一戔五厘の旗」
・企業家よ あなたの〜 「暮しの手帖 2世紀16号」1972年（昭和47）「みなさん物をたいせつに」
・こうやたらに〜 「朝日新聞」1962年（昭和37）5月24日「損をするのはぼくらだから」
・あれもこれも〜 「朝日新聞」連載「きのうきょう」1957年（昭和32）11月7日「ケンカのタネ」
・これからの不景気を〜 「朝日新聞」連載「きのうきょう」1954年（昭和29）6月20日「ブラウスのシミ」
・落第のキカイを〜 「暮しの手帖 1世紀98号」1968年（昭和43）「愚劣な食器洗い機」
［注釈］日立とナショナル（現・パナソニック）から発売された食器洗浄機を痛烈に批判。記事タイトルもさることながら、文中では「ふしだらな商品」とまで言ってのけ、床に転がした食洗機の写真も衝撃的だった。
・なにごともキカイばやり〜 「朝日新聞」連載「きのうきょう」1957年（昭和32）9月19日「ケイベツさ

れた職人」
・いちばん嫌いなのは～　「暮しの手帖 1世紀99号」1969年(昭和44)「シェーファーのインク瓶」
・いまは、造るもの～　「週刊朝日」1973年(昭和48)12月14日号「思いやりを訴える花森安治の値上げ商法」
・決死的大サービスかもしれない～　「朝日新聞」連載「きのうきょう」1954年(昭和29)12月23日「10円のフライパン」
・もともとメーカーや商社は～　「毎日新聞」掲載年月日不明
・値上げに対抗するには～　「毎日新聞」掲載年月日不明
・広告をみるときは～　「朝日新聞」連載「きのうきょう」1957年(昭和32)8月8日「電気器具を買うコツ」
・どんなに苦心サンタンして～　『日本語さまざま』1955年(昭和30)・筑摩書房「広告の文章」
・百貨店がなかったら～　「朝日新聞」連載「きのうきょう」1957年(昭和32)11月28日「タダの絵本」
・驚天動地あわてふためいて～　「暮しの手帖 1世紀75号」1964年(昭和39)「お茶でも入れて」
[注釈] 1964年(昭和39)6月16日に発生した新潟地震(M7・5)により昭和石油株式会社新潟製油所が罹災。日本の歴史上、最大規模の石油コンビナート災害を引き起こした。
・まったく、「あたる」広告が～　「朝日新聞」連載「きのうきょう」1963年(昭和38)3月24日「『あたる』広告」

装うことについて

・うつくしく着る〜（扉）「暮しの手帖 1世紀76号」1964年（昭和39）「もっと美しく着るために」
・ものを知らぬひとは〜 花森安治『逆立ちの世の中』1954年（昭和29）・河出書房「高価なものと美しいものと」
・君、なにを着たって〜「暮しの手帖 1世紀90号」1967年（昭和42）「どぶねずみ色の若者たち」
・どんなに みじめな気持で〜「スタイルブック」1946年（昭和21）夏・衣裳研究所
・ひとの真似は〜「それいゆ」10号 1949年（昭和24）6月「若いひとに」
・あなたを、くだらなく〜「それいゆ」10号 1949年（昭和24）6月「若いひとに」
・新しい見た目の〜 花森安治『服飾の讀本』1950年（昭和25）
・つらいだろうが〜「文藝春秋」1953年（昭和28）12月号・文藝春秋「女のズボン」
・お金のかかっているものなら〜「婦人公論」1946年（昭和21）10月号・中央公論社「コドモ服はお母様の手で」
・物の考え方から〜 花森安治『風俗時評』1953年（昭和28）「誰がために着る」
［注釈］着るものにも独自の美学やセンスを持っていた花森は、背広やネクタイ、学校制服を嫌い度々批判していた。長女・土井藍生氏の結婚式・披露宴にも礼服は着用せず、おろしたての真っ白なジャンパーで出席した。余談ながら、式や披露宴の様子を録音し写真を撮りまくり、藍生氏はいささか困惑したという。
・なにも憲法民法で〜 花森安治『逆立ちの世の中』1954年（昭和29）「国会へ行きましょう」
・夏に、セビロを上下〜「VAN」1949年（昭和24）9月号・イヴニング・スター社「八月の風俗」

・中身のからっぽなヤツほど～　「朝日新聞」1971年（昭和46）8月15日日曜版「生活カレンダー 私の提案」
・いくらお金があっても～　「暮しの手帖 1世紀76号」1964年（昭和39）「もっと美しく着るために」
・「よそゆき」という言葉は～　「すまひといふく」1942年（昭和17）1月号「きもの讀本」
・着こなしは～　「美貌」1948年（昭和23）11月号「きもののうつくしさ」
・長い顔には～　「装苑」1952年（昭和27）6月号「服装時評 誰のためのバッグか」
・色の感覚の～　「美貌」1949年（昭和24）10月号「これからの和服の柄といろについて」
・まるでなにかの発作に～　花森安治『服飾の讀本』1950年（昭和25）
・なにか、アクセサリを～　「装苑」1952年（昭和27）3月号「服装時評 つけすぎるアクセサリ」
・七色のクレヨンですら～　「女性教養」1954年（昭和29）3月号・日本女子社会教育会「服装時評」
・夏、暑いときは～　花森安治『服飾の讀本』1950年（昭和25）
［注釈］花森安治といえば、スカートを履いていたという「伝説」が有名である。しかし、確証はなく「のようなもの」を着用していたようである。とはいえ、ジェンダーフリーという言葉も概念もない時代、すでに性別にとらわれない髪型やファッションを実践していた。
・もっと無茶苦茶な～　「明窓」1952年（昭和27）3月号・大蔵財務協会「なつかしのよき日よ」

ぼくの仕事、そしてジャーナリズムについて

・ぼくはやはり～（扉）　酒井寛『花森安治の仕事』暮しの手帖編集会議の録音音声
・ぼくは、ジャーナリストの～　「暮しの手帖 2世紀21号」1972年（昭和47）「未来は灰色だから」

［注釈］体調を崩し入院した際も仕事を続け、病室が編集室のようになっていた。また、亡くなる前日（1978年1月13日）も自宅で仕事をしており、日付が変わった翌日（14日）未明に急逝した。

・ぼくはアーティストじゃない〜　唐澤平吉『花森安治の編集室』1997年（平成9）
・いかなる権力にも〜　「暮しの手帖　1世紀100号」1969年（昭和44）「商品テスト入門」
・一生かかって〜　酒井寛『花森安治の仕事』暮しの手帖編集会議の録音音声
・ぼくは編集者である〜　「朝日新聞」連載「わが思索わが風土」1972年（昭和47）6月17日「一本のペン」
・かっこうが悪くても〜　唐澤平吉『花森安治の編集室』1997年（平成9）
・どのように書くか〜　唐澤平吉『花森安治の編集室』1997年（平成9）
・新しい酒は〜　唐澤平吉『花森安治の編集室』1997年（平成9）
・今まで世になかった〜　「朝日新聞」1957年（昭和32）6月25日夕刊「好きなもの」
・ぼくらの努力は〜　「中央公論」1965年（昭和40）9月号・中央公論社「民主主義と味噌汁」
・年末だから〜　「朝日新聞」連載「きのうきょう」1957年（昭和32）12月5日「忙しくはない」
・ぼくは　大マスコミというのは〜　「サンデー毎日」1971年（昭和46）10月3日号・毎日新聞社「花森安治さんドル・ショック騒ぎを叱る」
・火の粉ばっかり〜　「暮しの手帖　2世紀24号」1973年（昭和48）「四角四面大雑談会」
・昨今は、出たがらぬ親を〜　「朝日新聞」連載「わが思索わが風土」1972年（昭和47）6月16日「子供のけんか」
・ジャーナリズムの感覚が〜　「サンデー毎日」1971年（昭和46）10月3日号「花森安治さんドル・ショック騒ぎを叱る」

・このごろ、おもうことは～　「朝日新聞」連載「わが思索わが風土」1972年（昭和47）6月17日「一本のペン」
・新聞の生命は～　「暮しの手帖　1世紀98号」1968年（昭和43）「廣告が多すぎる」
［注釈］「暮しの手帖」は他社の広告を一切載せなかったことで有名。これは、花森自身によるレイアウトにズカズカと土足で踏み込まれるのを嫌ったこと、商品の批評やテストに影響が及ぶのを避けるためとされてきたが、元編集部員の小榑雅章氏によれば、政府を批判した際に広告を絞られ経営が立ち行かなくなり、主張を曲げざるを得なくなる危険性を回避する意図もあったという。
・このごろ、テレビの～　「暮しの手帖　1世紀72号」1963年（昭和38）「お茶でも入れて」
・ニュースの解説者や～　「暮しの手帖　2世紀5号」1970年（昭和45）「困った番組とはなにか」

戦争について

・君がなんとおもおうと～（扉）　「暮しの手帖　1世紀96号」1968年（昭和43）「戦争中の暮しの記録　この日の後に生まれてくる人に」
・その戦争は～　「暮しの手帖　1世紀96号」1968年（昭和43）「戦争中の暮しの記録」
・戦争がだんだんはげしく～　「暮しの手帖1世紀　100号」1969年（昭和44）「なんにもなかったあの頃」
・星一つの二等兵のころ～　「暮しの手帖　2世紀8号」1970年（昭和45）「見よ　ぼくら一戔五厘の旗」
［注釈］「星一つ」は軍隊の階級章のこと。二等兵は最下級の兵士である。花森は大学時代の軍事教練に参加しなかったため、入隊時の階級は二等兵だった。

・貴様らの代りは〜 「暮しの手帖 2世紀8号」1970年(昭和45)「見よ ぼくら一戋五厘の旗」
・戦争中、兵隊だったとき〜 「暮しの手帖 1世紀69号」1963年(昭和38)「リリス・プレスコット伝」
・……兵隊たちは〜 「朝日新聞」1960年(昭和35)8月13日「無名戦士の墓」
・昭和20年8月15日〜 「暮しの手帖 2世紀8号」1970年(昭和45)「見よ ぼくら一戋五厘の旗」
・戦争がない ということは〜 「暮しの手帖 2世紀8号」1970年(昭和45)「見よ ぼくら一戋五厘の旗」
・敗戦でもしも〜 「暮しの手帖 1世紀100号」1969年(昭和44)「なんにもなかったあの頃」
・暮しなんてものは〜 『1億人の昭和史4 空襲・敗戦・引揚』1975年(昭和50)・毎日新聞社「僕らにとって8月15日とは何であったか」
・外国には大てい〜 「朝日新聞」1960年(昭和35)8月13日「無名戦士の墓」
[注釈]無名戦士の墓とは、東京都千代田区にある千鳥ヶ淵戦没者墓苑のこと。日中戦争および太平洋戦争で死亡した身元不明や引き取り手のない遺骨、およそ38万8000柱以上が安置されている。
・ぼくらが どんなに〜 「暮しの手帖 2世紀25号」1973年(昭和48)「二十八年の日日を痛恨する歌」
[注釈]表題「二十八年の日日を痛恨する歌」の二十八年は、記事発表前年の1972年に発見された残留日本兵の横井庄一氏がグアム島で過ごした年月に呼応したものと思われる。たった独りで戦争を続けてきた横井氏や戦没者に対し、生き残った者たちが作り上げた戦後日本社会のありさまを憂い、痛切な悔恨を綴ったのではないか。
・死んで靖国神社に〜 「朝日新聞」1960年(昭和35)8月13日「無名戦士の墓」
[注釈]身元不明の戦没者の遺骨は靖国神社に祀られることもなく、千鳥ヶ淵戦没者墓苑ができるまでは

旧日本軍の施設などに保管されていた。そのいずれの箱にも「無名」と記されていたという。
・どこの国だって〜　「暮しの手帖　1世紀97号」1968年(昭和43)「武器を捨てよう」
・とにかく、あんな太古原始の〜　「暮しの手帖　1世紀97号」1968年(昭和43)「武器を捨てよう」
・地球の上の、すべての国〜　「暮しの手帖　1世紀97号」1968年(昭和43)「武器を捨てよう」
・人間の歴史はじまって以来〜　「暮しの手帖　1世紀97号」1968年(昭和43)「武器を捨てよう」
・総理大臣は〜　「暮しの手帖　1世紀97号」1968年(昭和43)「武器を捨てよう」
・卑怯者、非国民と〜　「暮しの手帖　2世紀5号」1970年(昭和45)「たばこをのみはじめた息子に与える手紙」
・戦争を起こそうと〜　『1億人の昭和史4　空襲・敗戦・引揚』1975年(昭和50)「僕らにとって8月15日とは何であったか」
・戦争は恐ろしい〜　大橋鎮子『「暮しの手帖」とわたし』2010年(平成22)・暮しの手帖社

＊本書は、新聞、雑誌、書籍に掲載された花森安治の執筆・対談記事より編集・抜粋したものです。著作権者の了解のもと、明らかな誤字・脱字については訂正し、適宜改行を加えました。句読点と文中の一字空きに関しては、著者の使い分けの意図を尊重し、原文どおりとしました。

＊本書は、二〇一三年七月に小社より単行本で刊行されました。

本文イラスト　花森安治
監修　土井藍生（花森安治・長女）
構成　鈴木正幸

灯をともす言葉

二〇二三年 三月一〇日 初版印刷
二〇二三年 三月二〇日 初版発行

著者 花森安治
発行者 小野寺優
発行所 株式会社河出書房新社
〒一五一―〇〇五一
東京都渋谷区千駄ヶ谷二―三二―二
電話〇三―三四〇四―八六一一（編集）
〇三―三四〇四―一二〇一（営業）
https://www.kawade.co.jp/

ロゴ・表紙デザイン 粟津潔
本文フォーマット 佐々木暁
本文組版 鈴木成一デザイン室
印刷・製本 中央精版印刷株式会社

Printed in Japan ISBN978-4-309-41869-8

巴里の空の下オムレツのにおいは流れる

石井好子　41093-7

下宿先のマダムが作ったバタたっぷりのオムレツ、レビュの仕事仲間と夜食に食べた熱々のグラティネ——一九五〇年代のパリ暮らしと思い出深い料理の数々を軽やかに歌うように綴った、料理エッセイの元祖。

東京の空の下オムレツのにおいは流れる

石井好子　41099-9

ベストセラーとなった『巴里の空の下オムレツのにおいは流れる』の姉妹篇。大切な家族や友人との食卓、旅などについて、ユーモラスに、洒落っ気たっぷりに描く。

正直

松浦弥太郎　41545-1

成功の反対は、失敗ではなく何もしないこと。前「暮しの手帖」編集長が四十九歳を迎え自ら編集長を辞し新天地に向かう最中に綴った自叙伝的ベストセラーエッセイ。あたたかな人生の教科書。

狐狸庵人生論

遠藤周作　40940-5

人生にはひとつとして無駄なものはない。挫折こそが生きる意味を教えてくれるのだ。マイナスをプラスに変えられた時、人は「かなり、うまく、生きた」と思えるはずである。勇気と感動を与える名エッセイ！

その日の墨

篠田桃紅　41335-8

筆との出会い、墨との出会い。戦争中の疎開先での暮らしから、戦後の療養生活を経て、墨から始めて国際的抽象美術家に至る、代表作となった半生の記。

昭和を生きて来た

山田太一　41442-3

平成の今、日本は「がらり」と変ってしまうのではないか？　そのような恐れも胸に、昭和の日本や家族を振りかえる。戦争の記憶を失わない世代にして未来志向者である名脚本家の名エッセイ。